바다를 낚는 어부

나남
nanam

나남신서 1761

바다를 낚는 어부
김우창 글쓰기의 회로

2014년 5월 22일 발행
2014년 5월 22일 1쇄

지은이 · 김우창 外
발행자 · 趙相浩
발행처 · (주)나남

주소 · 413-120 경기도 파주시 회동길 193
전화 · 031-955-4601(代)
팩스 · 031-955-4555
등록 · 제1-71호(1979.5.12)
홈페이지 · www.nanam.net
전자우편 · post@nanam.net

ISBN · 978-89-300-8761-2
      978-89-300-8655-4(세트)

바다를 낚는 어부

김우창 글쓰기의 회로

김우창 외 지음

나남
nanam

바다를 낚는 어부

차례

편집노트

2013년 12월 17일. 사나흘 전 서울도심에 내린 폭설이 얼어붙어 시가지 도로가 빙판이 되는 바람에 걷기에 어려운 날이었다. 삭풍(朔風)마저 쌩쌩 몰아치는 이날 오전에 세종문화회관 예인홀로 향하는 인사들의 발걸음은 거위 깃털처럼 가벼웠다. 이 시대 대표적인 석학 김우창 선생과 대화한다는 기대감에서 우화(羽化)를 꿈꾸었기 때문이리라.

행사의 정식 명칭은 '김우창《체념의 조형》출판기념 집담회'. 김우창 선생의 50년 사유(思惟)의 궤적을 간추려 담은《체념의 조형》출판을 계기로 저자와 문화예술계·학계·언론계 인사들이 집담(集談) 시간을 갖기로 한 것이다.

김우창 선생의 호적상 생년월일은 1936년 12월 17일이어서 이날이 만 77세, 희수(喜壽) 생신이었다. 긴 세월동안 인문학 분야에서 도저(到底)한 삶을 살아온 선생에 대해 동료·후학들이 각별한 경의를 표하려 그날을 골랐다.

오전 11시부터 오후 2시까지 열린 집담회는 시종일관 경쾌하면서도 진지한 분위기에서 진행됐다. '경쾌'한 이유는《체념의 조형》이란 책의 묵직한 주제와는 달리 김우창 선생의 겸손하고 유머러스한 말씀 덕분이었다. 지식인 세계에서는 '천하가 다 아는' 저명한 김우창 선생인데도 정작 자신은 "별 유명하지 않다"고 손사래 치셔서 참석자들은 역설의 해학을 만끽했다. 책을 봉정하는 화동(花童)으로 예순 가까운 연세의 이남호 고려대 교수가 깜짝 등장한 퍼포먼스도 분위기를 상쾌하게 만들었다.

'진지'한 이유는 단상에 함께 자리한 유종호 대한민국예술원 회장, 진덕규 이화여대 석좌교수, 엄정식 서강대 명예교수 등 흰 머리 휘날리는 석학(碩學)들의 존재감만으로도 충분했다. 문학이 쇠락하는 시대에 문학의 새로운 활로를 찾는 구도(求道)의 시간이었기에 진지할 수밖에 없기도 했다.

이날 행사가 얼마나 의미 깊었는지는 이튿날 이후 주요 언론에서 보도된 기사만으로도 알 수 있었다. '대문짝'만큼 큼직하게 다룬 신문들이 적잖았다. 여러 잡지에서도 김우창 선생에 대한 집중 인터뷰가 실렸다.

언론 보도 이후 출판사에 숱한 문화예술계 인사들과 독자들이 "집담회 녹취록을 받아볼 수 없느냐?"고 문의해왔다. 집담회 참석자 가운데서도 "그날 질문을 던지지 못해 무척 아쉬운데 참석 소회(所懷)를 글로 쓰고 싶다"는 뜻을 비친 분들이 계셨다.

지적(知的) 향기가 그득한 그날 집담회 내용은 소수 참석자들의 사유물이 아니라는 판단에서 녹취록을 공개하기로 했다. 이 소책자가 지성의 훈향(薰香)이 대중에게도 널리 퍼지게 하는 작은 불씨 노릇을 하기를 소망한다.

2014년 4월

고승철(나남출판 사장)

《체념의 조형》
출판기념 집담회 녹취록

사회자
조상호
나남출판 대표이사

답변자
김우창
문학평론가

패널
고미석
동아일보 논설위원

김용희
평택대 교수

박해현
조선일보 논설위원

어수웅
조선일보 차장

염재호
고려대 부총장

유종호
대한민국 예술원 회장

정영진
김&장 법률사무소 변호사

최맹호
동아일보 부사장

최재봉
한겨레 기자

하현옥
중앙일보 기자

(가나다 순)

왼쪽부터 조상호(나남출판 대표이사), 오생근(서울대 명예교수), 김인환(고려대 명예교수), 최광식(고려대 교수), 김우창, 염재호(고려대 부총장), 김형찬(고려대 교수).

김우창, 〈체념의 조형〉 출판기념
전체성의 모험 : 글쓰기의 회로

2013. 12. 17(화) 세종문화회관 예인홀, 나남출판

왼쪽부터 엄정식(서강대 명예교수), 유종호(대한민국 예술원 회장), 김우창, 진덕규(이화여대 석좌교수).

이남호(고려대 교수)《체념의 조형》헌정.

조상호 유종호 선생님께서 금방 오신다는데, 오시면 바로 시작하겠습니다. 그 전에 오늘 오신 분들을 소개하겠습니다. 소개 받으신 분은 목례만 하시고 일어서지 않으셔도 됩니다.

(단상을 쳐다보며) 진덕규 선생님, 김우창 선생님, 엄정식 선생님. 이 선생님들은 '인성(人性)포럼'을 같이 하시면서 학문적인 것 말고 우정도 깊이 나누셨습니다.

(왼편 기자석을 바라보며) 뒷줄에 동아일보 최맹호 부사장님, 고미석 논설위원이 앉으셨습니다. KBS 임병걸 국장님, 시인이십니다. 그 옆에는 이기용 고려대 명예교수님의 사모님 하정자 여사이십니다. 그 옆에는 나남출판사 황옥순 감사가 계십니다. 앞줄엔 한겨레 최재봉 문학전문기자님, 연합뉴스

조상호 / 나남출판 대표이사

김영현 차장님, 소설가이자 시인이신 국민일보 정철훈 부국장님이 앉으셨습니다. 또 중앙일보 하현옥 기자님, 동아일보 신성미 기자님, 경향신문 정원식 기자님이 계십니다. 질문을 너무 날카롭게 하시지 마세요.(웃음)

(단상 건너편을 바라보며) 조선일보 어수웅 차장님이 앉으셨고…. 그 옆엔 아름다운 책을 만들어주시는, 제가 존경하는 삼화인쇄 유성근 회장님이 계십니다. 문학평론과 소설을 쓰시는 김용희 평택대 교수님…, 그 옆엔 김우창 선생님의 고려대 영문과 제자이기도 하시고 재작년(2011년)에 지훈문학상을 받으신 이영광 시인이십니다.

(단상 오른편으로 보며) 고려대 철학과 김형찬 교수님…, 염재호 교수님은 행정학과 교수이자 고려대 부총장 맡고 계시고…. 그 옆자리에 앉은 분은 이 책의 편집자…, 편집자 정도가 아니라 정말 고생 많이 하신 충북대 독문과 문광훈 교수님이십니다. 옆에는 고려대 한국사학과 최광식 교수님…, 전(前) 문화부장관이라고 소개를 할까요, 말까요?(웃음) 그 옆엔 문학평론가이며 고려대 교수이신 이남호 선생님…. 오늘 행사 중에 이 책 봉정(奉呈) 의식이 있는데 이남호 교수님이 봉정하십니다. 옛날식으로 하면 화동(花童)이 되는데 60 연세 언저리에 화동을 하셔야 할 것 같습니다.

문학평론가인 김인환 고려대 명예교수님, 지훈상 운영위원장으로 봉사해주셨습니다. 그 옆자리엔 〈나남문학선〉 편집인으로서 25년을 힘써주신 오생근 서울대 불문과 명예교수님…. 바로 얼마 전 《미셸 푸코와 현대성》을 저술하셨습니다.

그 옆에는 고승철 나남출판 주필 겸 사장입니다.

(시선을 돌려) 동아일보에서 오래 활동하신 언론인 박윤석 선생님, 그 옆엔 권혁범 대전대 교수님과 권혁태 성공회대 교수님이 앉으셨습니다. 이 두 분은 형제분이십니다. 이들 세 분과 이남호 교수님, 문광훈 교수님은 평창동 김우창 선생님 댁에서 오랫동안 매달 한 번씩 모여 문학에 대해 이야기하셨던 분들입니다.

(단상을 바라보며) 대한민국예술원 회장님이 되신 유종호 선생님이 오셨습니다.

오늘 일정은 앞에 놓인 안내문대로 제가 먼저 잠깐 말씀 드리고 김우창 선생님의 모두(冒頭)말씀이 있으시고 그 다음에 굳이 기자간담회라고 하긴 했습니다만, 말씀들 서로 주고받고 이야기를 하고 생신축하 케이크, 포토 세션이 있겠습니다. 그리고 마련한 소찬입니다만 맛있게 점심 드셨으면 좋겠습니다. 박해현 조선일보 논설위원이 도착하셨습니다. 고맙습니다.

개회사를 조금 읽겠습니다. 시간 절약상 3분만 읽겠습니다. 용서하십시오.

개회사

이 추운 날씨에 미끄러운 얼음길을 조심스레 밟고 이 자리에 오신 여러 귀빈들께 먼저 감사 인사 올립니다.

오늘 이 자리는 한국 문학사에서 오래 기록될 의미 있는 장(場)이 될 것으로 확신합니다.

한국 인문학을 세계수준으로 끌어올린 김우창 선생님의 오랜 사유(思惟)의 궤적을 담은 《체념의 조형 ― 전체성의 모험: 글쓰기의 회로》가 갓 출판돼 아직 따스한 인쇄 온기를 품은 채 여러 귀빈들의 손에 쥐어진 순간이기 때문입니다.

이 책은 문학뿐 아니라 역사, 정치, 예술, 철학 등 인문학 전반을 아우르는 무변광대(無邊廣大)한 김우창 선생님의 50년 글쓰기 역정(歷程) 가운데서 가장 핵심적인 정수(精髓)만 골라 담았습니다. 문선(文選) 작업을 맡은 문광훈 선생님의 은사에 대한 애틋한 존경이 없었더라면 불가능한 일이었습니다. 그래서 이 책은 가히 앞으로 명저(名著)로, 고전(古典)으로 길이 남을 것으로 확신합니다.

김우창 선생님께서는 과거의 글을 모아 묶는 차원을 뛰어넘어 이번에 무려 320매라는 방대한 분량의 이 책 서문을 새로 쓰셨습니다. 그 치열한 집필정신의 감동은 이 시대 지성의 표상을 가슴에 안는 큰 울림과 떨림으로 다가섭니다. 이에 머리 숙여 경의를 표합니다.

오늘은 마침 김우창 선생님께서 희수(喜壽)를 맞는 뜻깊은 날이기도 합니다. 나무는 나이가 들수록 품위를 더한다고 합니다. 우리 인문학의 거목이 되신 선생님의 향기와 그늘 속에서 우리는 행복합니다. 선생님, 모든 사람들의 박수를 모아서 희수를 축하드립니다!

이 자리가 역사적으로 의미 있는 것은 또한 김우창 선생님의《체념의 조형》이 다시 출간하는 〈나남문학선〉의 첫 번째 책이기 때문입니다.

〈나남문학선〉은 오생근 선생이 편집인이 되어 1984년 9월 이청준 선생의 소설집《황홀한 실종》을 시작으로 당대를 대표하는 소설가인 박경리, 이문구, 이문열, 황석영, 최인호, 김승옥 선생 등의 소설집으로 나왔고 김지하, 황동규, 신경림, 고은 시인 등의 시집이 탄생했으며 오늘 이 자리에 오신 유종호 선생님의 평론집《현실주의 상상력》이 1991년에 나온 것을 비롯해 이어령, 김현, 김화영 선생 등의 문학평론집으로 출판되었습니다. 이 〈나남문학선〉은 각 장르의 문학적 성취를 담은 기념비적인 총서였습니다. 이 50권의 명저들이 1980년대, 90년대 한국문학의 위상을 높이는 데 적잖게 기여했다고 감히 자부합니다.

요즘 문학이 위기를 맞고 있다고 합니다. 세상은 바뀌고, 문학이 꽃피던 들판에 새로운 전자문명과 낯선 대중문화에 편승한 경박단소한 가벼움만이 정설인 양하며 불길처럼 퍼지고 있습니다. 사람들은 문자와 문학으로부터 멀어졌으며 전자와 대중문화의 신전(神殿)에 구름처럼 몰려가 그 아래 엎드리고 있습니다.

다시 출간하는 〈나남문학선〉은 이남호 선생이 편집인이 되어 전자문명과 대중문화의 신전에 엎드린 사람들에게 본연의 신의 얼굴을 되찾게 할 것입니다. 또 〈나남문학선〉은 문학이 과거가 되려 하는 시대에 문학의 현재를 주장하며 문학에게 위엄을 되찾아주려 할 것입니다.

오늘 이 뜻깊은 자리에는 김우창 선생님과 더불어 한국 인문학의 지평을 넓히는 석학(碩學)들의 토론모임인 '인성(人性) 포럼' 회원 여러분들이 함께하셨습니다. 또 조지훈 시인을 기리는 '지훈상'의 운영위원 여러분들과 김우창 선생님과 함께 고려대학교에 봉직하며 우정을 나누었던 교수님들, 김우창 선생님을 사숙(私淑)하는 시인 및 소설가, 또 선생님의 목소리를 국민들에게 전달하기 위해 오신 여러 언론인들이 동참하셨습니다.

다양한 분야의 전문가들이 모인 자리인 만큼 오늘 이 콜로키움은 사회자 없이 진행하도록 하겠습니다. 김우창 선생님의 모두(冒頭)말씀이 있은 다음 간담회 시간에는 주로 언론인들이 질문을 하실 것으로 보입니다만 다른 분들도 기탄없이 발언해주시길 바랍니다.

이 자리가 한국 문학의 중흥을 위한 새로운 출발점이었다는 사실을 세월이 흘러 참석자 여러분께서 기억하시고 증언해주시기를 기대하겠습니다. 감사합니다.

2013년 12월 17일

조상호(나남출판 대표이사)

조상호　김우창 선생님께서 모두말씀을 20~30분간 하신 다음 콜로키움을 시작하겠습니다.

모두말씀

김우창   오늘 모임이 어떻게 진행되는지 모르고 있다가 어저께야 들
었습니다. 그리고 어저께 제가 발언을 해야 한다고 조상호 회
장님께서 말씀하셔서 어젯밤에 잠을 좀 줄이고 급하게 몇 줄
을 적었습니다. 그냥 읽어보겠습니다.

이번 모임에 오셔주신 분들께 심심한 감사를 드립니다.

이번 책이 나오게 된 것은 오로지 나남출판사의 조상호
회장과 호의에 의한 것입니다. 그리고 문선의 저자가 제 이름
으로 되어있지만 그것은 잘못된 것이고 문광훈 교수의 저작이
라고 하는 것이 맞을 것입니다. 글을 뽑고 정리한 것은 순전히
문광훈 교수가 하신 것입니다. 제가 책에 붙은 말에도 썼지만
은 옛날에 쓴 글을 다시 본다는 것은 그렇게 내키는 일이 아

김우창 / 문학평론가

21

니었습니다. 그 귀찮은 일을 문광훈 교수 그리고 조상호 회장 두 분이 해주신 것입니다. 깊이 감사드립니다. 그리고 오늘 이 모임에 동원되시는 것을 그대로 받아들이신 여러 선생님들에게 다시 한 번 감사드립니다. 여기에서 제가 할 수 있는 말이 사의를 표하는 외에 무엇이 있을지 잘 모르겠습니다. 더구나 세상이 뒤숭숭하여 좋은 말씀을 드리기도 어렵다는 생각이 듭니다. 어떻게 하여 글을 쓰다 보니, 글이 쌓이고 쌓이다 보니 책이 되어 나온 것이 제 글쓰기였습니다. 첫 책이 나온 것도 사실 여기 옆에 앉아 계신 유종호 선생과 민음사의 박맹호 회장의 강권, 너무나 너그러우신 강권으로 인해서 나왔던 것입니다.

젊은 시절 서울대학교 영문과에 송욱 교수의 연구실에서 소설가 김광주(1910~73, 소설가 김훈의 선친) 선생을 잠깐 뵈었던 일이 있는데 뵈온 지 오래되어, 기억이 가물거리는데…. 김광주 선생께서 자신의 글쓰기 형편을 한탄하시면서 자신은 동네 양복점이 주문에 맞추어 양복을 짓듯이 주문생산하느라고 본격적인 작품을 쓰지 못하였다 이렇게 말씀하시는 걸 들었습니다. 제가 직접 들은 것 같기도 하고 송 선생님이 말씀하신 것 같기도 합니다. 요즘은 양복을 주문해서 만들어 입는 사람이 없지만, 옛날에는 다 그렇게 해서 입었습니다. 제 경우에도 이 말씀이 해당되는 것 같습니다.

그러면서 다른 한편으로 그렇게 된 것은 세상의 형편이라는 핑계를 댔습니다. 세상이 그렇게 돌아갔으니까 나도 그렇게 돌아갔다 그런 생각을 합니다. 남의 탓하는 것이 요즘 세상의 취미인데 저도 그렇게 남의 탓을 해봅니다. 세상의 형편이라고 말씀하는 것은 다른 일도 있겠지만 정치가 주된 것이라고 할 수 있을 것입니다. 그러나 정치를 멀리하고 싶어도 이 재미없는 세상에서 가장 좋은 흥분제가 정치이지요.

사실 이건 개인적인 얘기지만 대학에 들어갈 때 정치학과로 들어갔는데 나중에 그만두고 다른 데(영문과)로 바꿨습니다. 젊어서부터 취미가 문학과 철학에 있었기 때문에 정치는 좀 멀리할 생각이 있었습니다. 그러나 정치에 끌리지 않을 수 없는 경우가 많지요.

정치가 그렇게 가까이할 필요가 없는 세상이 좋은 세상이다, 이런 생각은 하고 있습니다. 그러한 요순시대의 이야기에 임금이 암행사찰을 해보니 임금이 누군지도 모르는 농부들이 격양가를 부르고 있었다, 이런 얘기가 있습니다. 그런 시대가 좋은 시대가 아닌가 하는 생각이 듭니다. 정치를 잊을 수 있는 삶이 가능해지기를 바라고 있습니다. 그런데 정치 때문에 이런저런 글을 저도 많이 쓰면서 정치로부터 좀 멀리 있는 글을 쓰려고 애를 좀 쓰려고 했다, 이걸 설명해드리기 위해서 이런 말을 했습니다. 그리고 글도 정치로부터 좀 멀리 있는 글을 쓸 수 있었으면 이렇게 생각하고 있습니다. 그러나 이제 인생의 마감이 다가왔는데 그런 것을 바란다는 것 자체가 주어진 명도 모르고 함부로 하는 소리니까 별 의미 없는 얘기겠습니다.

그러나저러나 아직도 정치가 우리를 사로잡는 것을 어떻게 할 수 없는 그런 세상인 것 같습니다. 요 며칠 사이에 북에서 일어났다는, 예를 들면 인간성에 대하여, 인간조건에 대하여 저절로 생각하게 되는 일이 생기고 그에 대해서 마음이 산란해지는 것을 어떻게 할 도리가 없는 것 같습니다. 그런데 우리 남쪽에도 정치가 많죠. 오늘 이 모임에 이렇게 오셔주신 것을 다시 한 번 감사드립니다. 아까 오늘 모임에 오신 것을 동원되셨다고, 동원에 응해주셨다고 그런 말씀을 했는데, 사실 동원도 정치 용어입니다. 그 점에 대해 깊이 사과드리면서 다시 한 번 감사 말씀 드리겠습니다.

유종호   시간에는 맞춰 왔는데… 예인홀 찾느라고 박해현 선생하고 같이 왔다 갔다 하다 그만 늦어서 죄송합니다. 김우창 선생을 처음 만난 것은 저희가 학창시절에 캠퍼스에서 한 번 악수를 나눈 것 같아요. 그 후에 뭐 깊이 이렇게 접할 기회가 없다가 1971년에 제가 미국을 가게 되었는데 미국 뉴욕주립대학에 버펄로라고 하는 캠퍼스에서 공부를 하게 됐지요. 그때 저는 대학원 학생이었고 김우창 교수는 조교수로 계셨습니다. 그때부터 계속 가까이서 접하기도 하고 또 동경을 하기도 했는데 그때 처음 뵈었을 때 인상하고 지금하고 변한 것이 별로 없어

유종호 / 대한민국 예술원 회장

요. 늘 똑같은 인상을 가지고 있는데….

그때 내가 받은 인상이라고 하는 것은 젊으셨습니다. 학문을 하기 위해서 깊이 하기 위해서는 밑으로부터 넓게 파들어 가야 한다, 그런데 이러한 넓게 파들어 가서 깊은 경지에 도달한 이가 김우창 선생이다, 이런 생각을 갖게 되었는데 후에도 이러한 생각도, 본인 자신도 변화하지 않은 것 같습니다. 그래서 사실 제가 할 수 있는 얘기는 한 20년 전에 한 얘기나 지금이나 똑같은데….

제가 1991년엔가 92년엔가에 도쿄에 동경대학 대학원에서 한 학기동안을 보낸 적이 있습니다. 그때 처음 일본을 가 봤으니까 일본에 대해 여러 가지로 관찰해 보았습니다. 여러 가지 의미에서 우리보다 한 걸음 앞선 그런 선진국이다, 하는 생각을 금할 수가 없었어요. 우리가 일본에 대해서 여러 가지 복잡한 관계에 있고 또 곤혹스러운 입장에 있기 때문에 일본에 대해 긍정적인 생각을 하는 것도, 긍정적인 생각을 표현하기도 어려운 게 우리의 상황입니다, 사실은….

그런데 제가 일본에 가서 우리 한국이 혹은 한국 사람이 일본보다 나은 점이 무엇이 있는가? 이걸 한번 찾아보려고 했어요. 그런데 좀처럼 찾아지지가 않아요. 청결도나 공부하는 데 있어서나 사람의 매너나 모든 면에서 일본이 우리보다 앞서 있다, 혹은 우리가 뒤처져 있다, 그런 생각을 금할 수가 없었습니다.

그런데 한 가지 우리가 앞서 있는 것은 우리는 서기 기원을 쓰고 있는데 일본은 아직도 구식의 소화 몇 년 이런 걸 쓰고 있단 말이에요. 우리도 단기를 쓰다가 5·16군사정변이 일어나서 쿠데타 세력이 처음으로 단기를 폐지하고 서기로 고쳤어요.

그런데 많은 한국 사람들이 그러하듯이 저도 이 쿠데타 세력에 굉장한 반감을 가지고 있었어요. 특히 박정희 씨, 김종필 씨, 이런 사람들이 선글라스 끼고 나타나서 왔다 갔다 하는 것에 대한 혐오감이 있어서 저는 계속 선글라스를 끼질 않았어요. 그런데 그 대가로 결국 아열대 지방에 가서도 선글라스를 안 꼈기 때문에 지금 눈이 많이 상한 거지요.(웃음)

여하튼 그 싫어하던 쿠데타 세력이 한 일 가운데 그나마 마음에 든 것이 무엇이었냐면 단기를 폐지하고 서기를 갖다 썼다는 것, 이것이었습니다. 왜냐하면 단기를 쓰면요, 서양사를 배울 적에 단기에서 2333년을 빼야 한다든가 서기에서 보태야 한다든가 해서 단기와 서기의 세계를 왔다 갔다 왕래하는데 그런 불편을 한꺼번에 없애준 서기로의 전환, 이것이 굉장히 반가웠습니다. 그리고 제가 거의 유일하게 박수를 친 군사정권의 업적이었지요. 그런데 일본 가서 느낀 것이 그것이었습니다. 일본은 여전히 우리의 고종 3년식의 구태의연한 연호제를 쓰고 있구나…. 물론 그것은 일본 사람으로서는 자기네의 전통을 유지한다는 면에서 크게 자랑스러운 일일지는 모르지만….

일본에 가니까 여전히 옛날 것을 쓰고 있어 이 점에서는 우리가 앞서 있다, 이런 생각을 하고 그 이후에 암만 찾아봐도 우리가 앞서 있는 게 없어요. 요즘엔 물론 삼성이 소니를 누르고

해서 많이 있겠지만, 1992년 시점에서는 없었단 기억이 돼요.

그런데 신문을 보다가 느낀 것이 일본 신문의 필자나 일본 잡지의 필자 가운데 우리나라의 김우창 선생만 한 존재가 없다, 하는 것을 깨달은 거예요. 그 사람들이 대체로 날림글이 많아요. 요즘도 가라타니 고진이 세계적 존재라고 그러는데, 제가 가라타니 고진을 한 권쯤 읽었는데 읽으면서 회의를 느낀 것은 이 사람의 논리비약이 심하단 겁니다. 그러니까 한 페이지 안에 플라톤에서 비트겐슈타인까지 등장인물이 한 대여섯 명은 돼요. 이렇게 논리의 비약이 심한 것이 좋은 글인지 나쁜 글인지 저는 짐작이 안 가요. 그리고 우리가 배운 영어 교과서나 영어의 문장이나 영어책에서는 그런 일이 거의 없어요. 한 문제에서 꼼꼼히 따지고 하는데 가라타니 고진 같은 사람은 날림, 날림이란 말이에요. 정말 이것이 제대로 평가를 받은 것인지 제대로 평가를 한 것인지 아직도 의문인데 김 선생은 그래도 뭐 일본식의 뭐가 있다 이렇게 말씀을 하시네요.

여하튼 제가 느낀 것은 김우창 선생만 한 인문학자나 문인이 없다, 이런 생각을 했어요. 그게 이제 유일하게 서기, 김우창 이 두 개가 우리가 일본보다 좀 앞서 있는 것이 아닌가 하는 느낌을 준 그러한 사항이었어요. 그래서 이것을 그전에도 어디에서 얘기한 것 같은데, 아까도 말씀드린 것과 마찬가지로 1970년대에 처음 접하고 나서 느낀 인상이 그대로 유지되기 때문에 저 자신도 상대가 변하지 않았는데 내 생각이 변할 수는 없는 것 아니겠어요? 그래서 되풀이해서 말씀을 드리는 겁니다.

그리고 한 가지만 더 첨언한다면 김우창 선생님의 장점이나 사유 체계의 장점은 아주 철저하다는 것입니다. 토마스 만의 《마(魔)의 산》의 서문에 보면 그런 말이 나옵니다. 자기가 하려는 말이 상당히 길어진다, 길어지는 데는 이유가 있다, 그건 왜냐하면 철두철미한 것, 철저한 것만이 우리에게 진정 흥미 있는 것이기 때문에 그렇다… 그러니까 한 문제에 대해 철두철미하다 보니까 길어진다, 그런 얘기예요. 일종의 변명으로 얘기한 것인데 사실 거기 보면 죽음의 문제라든가, 이런 것이 아주 철저하게 다뤄져 있죠. 그와 같은 철저함에 특출한 것, 이것이 김우창 선생의 사유 혹은 글의 특징이라고 생각하고 이것은 문광훈 선생도 이 책에서 얘기했듯이 정말 우리의 문화풍토에서는 유일무이한 그러한 공간이 아닌가 하는 그런 생각이 듭니다. 앞으로도 계속 나남에서 보약도 많이 대주어서 김우창 선생님이 만수무강하시도록 그렇게 노력해주십시오. 이상입니다.

김우창 좋은 말씀만 하시니까 저는 답변할 게 없을 것 같습니다. 이상한 그러면서 이상할 것이 없는 얘기를 하겠습니다. 이미 조상호 회장도 알고 계시지만, 희수가 아닌데 희수라고 되어 있어요. 그래서 문서에 의하면 희수가 맞는데, 사실로는 안 맞습니다. 지금 유종호 선생께서 서기를 쓰니까 좋다고 그러시는데 서기로 하니까 제 나이가 좀 틀리고, 우리 음력으로 하면 제가 저 병자년생이거든요. 그러니까 음력으로 하면 맞다, 그러니까 반드시 서기가 좋은 건 아니다, 이렇게 말씀 드리겠습

니다.(웃음)

김용희   안녕하십니까. 평택대학교 김용희입니다. 제가 대학원 과정 시절 1980년대 후반 김우창 선생님께서 저희 이화여대에 특강하러 오신 적이 있었습니다. 그때 선생님께서는 이화여대 국문학과 대학원 사람들에게 심미적 체험에 대한 특강을 하셨습니다. 박목월의 〈청노루〉에 대한 분석이었습니다.

    박목월의 〈청노루〉는 누구나 다 알다시피 인공적 흔적이 부재하는 절대적 자연의 공간을 상징하는 것으로 알려져 있는 시입니다. 청록파의 중심적 태도, 즉 절대자연의 무념무상 공간에 대한 묘사라 할 수 있습니다. 그런데 선생님께서는 〈청노루〉에 대한 새로운 해석을 해주셨는데, 즉 명사형 체언으로 시 행말이 끝나는 부분에 대하여 언급하면서 그 명사형 체언의 행말처리가 궁극적으로 독자의 심미적 공간을 만들어내고 종결명사가 독자의 심리적 공간으로 파고들어 마음속에 심경(心景)을 만들어낸다는 해석을 하셨습니다. 당시 대학원생으로서 저는 그런 해석을 듣고 놀라운 충격에 휩싸였습니다. 지금까지 어느 누구에게도 들어보지 못한 흥미롭고도 새

김용희 / 평택대 교수, 문학평론가, 소설가

로운 해석이었기 때문입니다.

지금《체념의 조형》출간 기념으로 김우창 선생님을 다시 뵈니 그때 생각이 납니다. 선생님의 책을 계속해서 줄을 치며 탐독해왔던 이로서 이렇게 선생님을 직접 뵙고 질문을 하게 되어 영광스럽게 생각합니다.

제가 드릴 질문은 개인적인 질문 하나와 현 문학의 진단에 대한 질문 하나입니다.

우선 첫 번째 질문은 이것입니다. 선생님께서 첫 평론집《궁핍한 시대의 시인》을 냈던 1970년대 말, 그리고 평론활동을 하시던 1980년대는 한국 문학의 장이 매우 흥미로운 시대였습니다. 격동적이며 요동치던 시기였습니다. 이념의 시대였던 만큼 문학에서도 이데올로기 비판이 성행했고 카프연구도 암묵적으로 해오던 시기였습니다. 외국문학전공자들은 새롭고 선진화된 외국문학이론을 한국에 번역, 소개하였으며 당시 한국 문학연구자들은 채 백 년의 역사도 갖고 있지 않은 근대 문학에 새롭게 수입, 소개되는 외국문학이론을 무반성적, 적극적으로 수용하여 한국 문학에 적용시키려 하던 시기였습니다. 구조주의, 신비평, 마르크스비평 등 외국문학이론들이 소개되었고 사대주의처럼 서구신생이론을 좇던 때였습니다. 그런데 김우창 선생님께서는 새로운 외국문학이론을 소개하는 것이 아니라 되려 한국 문학, 특히 시에서 나타난 '가치의 지향', '정신적 구조'에 대한 관심을 지속적으로 가지는바 결국 시인들의 형이상적 가치, 혹은 형이상적 정열에 대한 관심으로 나아가려 했다는 점입니다. 저작《궁핍한 시대의 시인》에서 선생님이 핵심적으로 강조하는 것은 결국 사물의 핵심을 꿰뚫고자 하는 시인들의 형이상학적 충동이며 시인들의 정신적 영역에 대한 관심이었습니다. 당시의 외국문학전공자들이 열을 내서 좀더 선진화된(?) 외국이론 소개에 급급했는데 영문학 전공자인 선생님은 한국 근대문학 시인과 작가들의 궁극적인 가치의 지점, 혹은 근원적인 추구의 지점들을 탐색하고 있었다는 점입니다. 선생님이 형이상학적 가치의 시인들로 주목하는 정지용이나 한용운, 초기 서정주의 시세계 등은 선생님 가치의 지향점이 어디를 향하는지를 여실히 보여주고 있습니다. 이런 지향점이 '정신주의' 혹은 동양적 근원주의를 떠올리게 하는데 외국문학전공자이신 선생님이 이와 같은 지향점을 가지셨다는 점이 국문학 전공자인 저에게 매우 놀랍고 신선했습니다. 선생님이 문학작품을 읽고 문학행위를 하는 데 있어 가장 근원적으로 가진 '태도'는 무엇인지, 다시 한 번 들어보고 싶습니다.

두 번째 질문입니다. 한국 근대문학은 근 백 년의 전통을 가지고 있습니다. 서구 근대문학이 이입되었을 때 한국은 유교주의 윤리의 이념과 서구 개인주의의 충돌이라는 상황을 겪을 수밖에 없었습니다. 다시 말해 서구 개인주의와의 충돌 속에서 전통의 붕괴를 경험하면서 근대초입의 선구적 문인들, 최남선, 이광수, 주요한 등은 한국 문학의 근대를 새롭게 수립할 수밖에 없었던바, 한국 근대문학 백 년이란 결국 유교주의 윤리와 서구 개인주의 문화 사이의 길항 과정이었다고 말해도 틀리지 않습니다. 한국 근대초입의 문인들은 전통의 죽음을 기뻐하면서 유교주의적 억압에서 풀려나 인간의 내면성을 찾고자 하는 고투를 겪어야 했는데, 선생님이 한국 문학을 바라보는 시선은 그 가운데서 '삶의 감추어진 전체를 들추어내거나 구성하기', '심미적 경험', '내면성의 가치', '문학과 현실의 변증법적 연결'에 대한 고민을 멈추지 않아왔습니다.

지금 한국 근대문학 백 년의 역사를 통과하는 이 시점에서 한국 문학의 현 단계는 어떤 상태로 보고 계시는지, 한국 문학의 현재에 대하여 진단해주시고 또 한국 문학의 미래는 어떻게 될 것인지에 대한 선생님의 통찰을 말씀해주시면 감사하겠습니다.

세 번째 질문입니다. 한국 근대문학의 형성과정에서 유교주의적 윤리와 서구 개인주의 충돌 속에서 유교주의는 새로운 질서의 창조나 그 창조를 통한 새로운 세상의 발현을 보여주지 못했습니다. 오히려 유교주의는 정신적 은둔이나 절제, 초개의 정신이라는 선비 정신, 그것이 갖는 염결성이나 금욕주의로 나아갔습니다. 유교주의는 인간성 완성을 가장 구극적인 규범적 가치로 여기면서도 기실 인간성을 억압하는 논리기제로서 작용하고 있습니다. 이와 같은 윤리의 차원이 결국에는 예술적 내면화나 개성 추구를 억압하기도 했습니다.

그러면서도 한국 문학에서 유교적 감수성은 한국 근대문학사에서 매우 중요한 문인들의 세계관과 사상을 이루어내고 시의 숭고한 정신적 세계 혹은 시적 형상화에 중요한 기제로 작용, 결과물을 만들어내기도 했습니다. 예를 들면 한용운, 이육사, 정지용, 조지훈, 윤동주 등을 열거할 수 있습니다. 시인들의 선비 전통은 꿋꿋한 절제나 극기와 기개로 구체화되고 시적 표현으로 나타났습니다.

더불어 한국 정치, 사회에서도 유교주의는 여전히 지금까지도 우리의 영혼과 물질에 영향을 미치고 있습니다. 그것은 인간적 위엄을 지키는 정신을 부여하기도 하지만 동시에 개인의 개성적 가치를 억압하는 기제로 작용, 획일화와 전체주의적 공동체의식을 유포하기도 합니다. 한국 근대화 역사도 이미 백 년을 넘어섰지만 한국 사회는 서구적 의미의 진정한 '개인주의' 혹은 '개인화'와는 거리가 있다는 생각이 듭니다. 서구 개인주의가 한국의 이곳에서 완성되어야 한다는 것은 아니지만 한국 근대화 과정 속에서 벌어지는 이 전통의 붕괴와 새로운 문화로의 변화 과정 속에서 '유교주의'가 갖는 보편적 가능성에 대하여 혹은 그 쇄신이나 단절에 대하여 흥미롭게 생각해볼 거리가 있다는 생각이 듭니다.

그런 의미에서 한국 사회 문화에서 유교적 가치의 의미와 한계, 새로운 글로벌 문화로 나아가려는 시점에서 한국의 유교적 가치가 갖는 의미가 무엇인지, 한국 사회에서 '개인주의'는 가능한 것인지, 유교적 가치와 개인주의는 궁극적으로 21세기를 사는 개인들의 행복 달성과는 어떻게 만날 수 있는 것인지. 여러 가지 복합적인 생각들이 머릿속을 떠돌아다닙니다. 이에 대한 선생님의 생각을 말씀해주시면 감사하겠습니다.

김우창 좋은 얘기를 많이 하셨습니다. 첫째, 형이상학적인 것에 대한 관심…. 이건 개인취미와 관계가 있을 거고, 특별한 이유가 있는 것 같진 않습니다. 그런데 한 가지 설명을 하면 모든 것을 초월해서 근원적인 것을 좀 알아야겠다, 이런 생각을 하면 저절로 형이상학적인 관심이 생기지 않을까 그런 생각이 듭니다.

그런데 모든 것을 초월한다는 것은 무슨 도사가 되는 것보다도 두 번째 질문하고 관계가 있는 건데요. 너무 많은 것이 깨졌기 때문에 그 깨어진 것을 어떻게 하나로 묶느냐, 이런 것이 모든 사람에게 큰 문제가 됩니다. 그래서 하나로 묶는 걸로 뭐가 등장하냐면 이데올로기들이 많이 등장합니다. 이데올로기로 하면 모두가 다 설명이 되니까…. 이데올로기는 그 나름의 의미가 있으면서, 그것이 모든 것을 설명한다는 주장과 인상 때문에 사람의 생각의 다양성과 폭을 줄이는 결과를 낳을 수 있습니다. 그것을 넘어서 사람의 넓은 현실에 충실하면서 사람들로 하여금 서로 화해할 수 있는 근원이 무엇인지 생각할 필요가 있습니다. 그런 걸 생각하면 저절로 철학적, 형이상학적인 관심이 생기는 것이 아닌가 합니다.

아까도 좀 엉뚱한 얘기가 됐는데 이북에서 최근에 일어난 일에 대해서 우리가 다 마음이 산란한 상태가 됐는데…. 혹은 이데올로기적으로 이렇다 저렇다 다 설명할 수도 있겠지만, 제1차적으로 우리가 느끼는 건 사람이 이렇게 죽어서 되겠는가. 권력이 이런 형태로 해서 서로 싸움을 벌이고 목숨을 앗아가는 일이 일어나서 되겠는가 하는 것입니다. 우리나라의 정치투쟁에 있어서도 이렇게까지 싸워서 되겠는가 하는데 그 싸움의 뒤에는 대개 자기정당성을 주장하는 이데올로기들이 들어 있습니다.

조선조의 유교 그리고 지금도 많이 남아 있는 유교적 이념의 파편들도 비슷한 관점에서 생각할 수 있습니다. 거기에 이데올로기적 비(非)인간성이 들어 있다는 것을 부정할 수 없다는 것이지요. 우리의 현대문학은 다분히 이러한 이데올로기로부터의 해방을 지향한 것으로 해석될 수 있습니다. 그러면서도 유교의 경직성, 억압성에 대한 투쟁이 극복되기가 어려웠던 것은 시대적 상황에도 관계가 있습니다. 주어진 역사적 과제였던 근대화, 독립 운동, 민주화 등은 불가피하게 민족과 사회 전체를 움직여야 하는 정치 운동이었고, 그러한 정치 운동에서 이데올로기는 집단을 동원하는 중요한 수단이 될 수밖에 없습니다. 우리 문학의 또 다른 부분으로 이데올로기적이라고 할 문학이 있는데, 그것도 이러한 역사적 사정에 관계되는 것이라고 할 수 있습니다. 이러한 것들을 생각하면서도 오늘날 우리 문학의 과제 또는 우리 사회의 정신적 과제가 이데올로기를 넘어 가는 진정한 인간 해방이라고 말할 수도 있겠습니다.

　　그러나 유교적 유산을 부정적으로만 말할 수는 없습니다. 어떤 이론가들이 한때 아시아의 신흥 산업국가들이 유교 국가라는 데에 주목하고, 경제발전이 유교 때문이라고 말한 일이 있습니다. 그리고 한국도 거기에 편입하여 말하였지요. 이것은 다분히 세속적인 관점에서 말한 것이고, 유교에 세속적인 이익을 중요시하는 요소가 있다고 하겠지만, 유교의 유산으로 중요한 다른 요소의 하나는 공적 윤리 의식이 아닌가 합니다. 어떤 변화도, 그것이 긍정적인 것이 되려면, 집단적 윤리 의식을 요구한다고 할 수 있습니다. 물론 지금은 이것이 없어져 가는 것으로 보이지만….

한 가지 보태고 싶은 것은 어떤 좋은 것도 경직화되면, 그리고 시대는 바뀌는데 변하지 않고 그대로 남아있으면, 나쁜 것으로 바뀔 수 있다는 점입니다. 많은 이데올로기의 문제점은 여기에 있지 않나 합니다. 변화하는 인간 현실에 비추어 자기 갱신이 필요한 것이 사람의 생각이고 제도인 것 같습니다.

이데올로기가 좋든 나쁘든 그것을 떠나서 사람이 이러면 좀 곤란하지 않느냐 하는 것은 개인적인 느낌, 그리고 이데올로기를 초월하는 직접적인 윤리적 감성이 아닌가 합니다. 이북의 얘기를 또 해서 안됐습니다만, 이북에 일어나는 일이 어떤 이유에서 일어났든 사람이 그렇게 죽음을 당하면, 우리 마음이 괴롭다… 이렇게 느끼는 것이 당연할 겁니다. 사람들이 직접적으로 느끼는 것이 이념적 판단보다 더 보편성이 있는, 형이상학적인 깊이가 있는 느낌일 수 있다, 이런 생각이 듭니다.

그런데 느낌이든 이념이든, 우리나라처럼 정신적인 의미에서 전통이 깨어진 나라를 세계에 달리 찾아보기 어려울 겁니다. 지금 우리가 근대화했다고 해서 세계에서 경제적으로 13번째다 하는 얘기들이 나오는데, 서양의 근대화를 생각하면, 그것은 200년 전, 300년 전부터 계속 발전되어 온 근대정신과 병행하는 역사적 사건이었습니다. 우리는 그런 전통의 뒷받침이 없이 근대화했습니다. 그러니까 외향적으로 근대화됐을지 몰라도 속으로 너무나 혼란스러운 나라이고, 할 일이 너무나 많은 나라입니다. 우리 현대사를 이해하고 오늘의 형편을 이해할 때도 인간의 삶에서 근원적인 것이 뭐냐 하는 질문이 나오지 않을 수 없습니다. 그리고 그 질문에서 출발해서 새로운 정신적 가치를 만들어내는 것, 이것이 시대가 우리에게 맡겨놓은 임무라고 할 수 있습니다.

다시 문학으로 돌아가서, 우리 현대문학도 그렇지만, 사실 어느 경우나 이념과 같은 것을 넘어 개인적 체험을 얘기하지 않을 수 없는 것이 문학입니다. 김 아무개가 아침에 일어나서 어쩌고 이런 식으로 얘기를 써야지 모든 국민이 일어나서 그 나라가 뭘 했다, 이런 걸로는 문학을 할 수 없습니다.

문학은 무엇을 하든 간에 개인적 입장에서 얘기를 하게 됩니다. 그러면서 사람이 가질 수 있는 진정한 가치가 무엇인가, 공통으로 가질 수 있는 가치가 무엇인가, 이런 걸 생각해보려고 합니다. 이 모순된 것을 하나로 하여 세계적인 수준에 이른다는 것은 어려울 수밖에 없지요. 지금 우리에게 이것이 조금 더 어려운 것은 우리에게 깨어진 것이 많고 물려받을 것이 없기 때문입니다.

가령 간단히 생각하여, 17세기에 작품을 쓴 셰익스피어는 지금도 사람들이 인용하고 읽고, 18세기 말, 19세기 초 괴테가 쓴 것을 지금도 독일 사람들이 읽어보지요. 그것은 작품들이 고전이어서만이 아니라 자기 생각을 하고 자기 문화를 생각하는 데 도움을 주기 때문입니다. 지금 〈춘향전〉을 읽고 내 인생을 살아가는 데 도움을 받겠다는 것은 상당히 어려운 일입니다. 이론적인 저자의 경우도 마찬가지입니다. 지금도 칸트, 아담 스미스, 마르크스는 오늘을 이해하는 데에 중요한 의미를 가지고 있지요. 우리는 적어도 일단은 정신적 전통이 다 깨어진 데서 새로 태어나는 나라가 됐습니다.

물론 우리 전통에도 찾아야 할 것들이 많습니다. 싸움하지 말라는 것도 많고 본성을 깨달으란 것도 많고 또 물건도 한 사람이 차지하면 안 되는 것, 대동해야 한다는 것 등 많습니다. 이런 것을 현대적인 관점에서 회복하면 우리 전통에도 현대생활에 도움되는 것이 많을 것입니다. 그러나 재해석의 매개가 필요합니다. 너무 장황하게 얘기해서 미안합니다. 중요한 질문을 하셨기 때문에 저절로 말을 못 참고 늘어놓았습니다.(웃음)

최재봉   축하드립니다. 모두 말씀에서 가능한 한 정치로부터 멀어진 삶을 꿈꾼다고 하셨습니다. 여러 가지 생각을 하게 하는 말씀이었습니다. 감명 깊게 들었구요. 그와 관련해서 질문을 드리고 싶습니다.

정치라는 것은 물론 여러 가지 불편하고 시끄럽고 정말 요순시대처럼 임금이 누군지도 모를 정도로 정치가 잘 안 보이는 그런 세상이 가장 좋은 세상이겠습니다만 어떤 경우에는

최재봉 / 한겨레 기자

정치가 개인적인 삶에 아주 정말 중요하게 다가오는 상황들, 그런 사례들이 있지 않겠습니까? 그럴 경우에 인문학 또는 문학은 그 정치와 삶의 관계를 어떻게 어떤 거리 내지 관계를 맺어야 맞는 것인지? 정말 정치로부터 멀어진 삶을 꿈꾸기 위해서는 그런 정치 일반, 정치 전체를 모른 척해야 하는 것인지? 아니면 어떤 식으로 정치에 말하자면 훈수를 둔다 할까, 관여한다 할까, 정치와 긴장관계를 유지한다 할까, 그런 차원에서 문학과 인문학이 할 수 있는 바, 해야 할 바가 무엇이라고 생각하시는지 듣고 싶습니다.

김우창 우리 모두 다 가지고 있는 질문이기 때문에 거기에 대한 답변들은 이미 많이 나와 있다고 하겠습니다. 그러면서도 답이 쉬울 수가 없는 질문입니다. 요순시대의 얘기도 정치 없는 세계를 만드는 데 정치가 필요하다, 이런 모순된 이야기를 담고 있습니다. 정치가 정말 요순시대를 만드는 노력을 하고 있느냐가 중요하지요. 사람 하나하나가 자신의 삶을 안정되게 살게 된다면, 적어도 정치가 피나는 싸움이 되지는 않지요. 여기에 대해서는 문학도 할 수 있는 일이 많다 이렇게 말할 수 있지 않을까 합니다. 한 작품이 아니라 하나의 전통으로서의 문학을 말하는 것입니다만은.

아까 얘기한 대로 문학은 개인적인 체험을 다 생각하고 개인의 고통이라든지 또는 행복이라든지 이런 걸 얘기하기 때문에 그걸로 해서 점검을 하면 정치가 제대로 돼가고 있는가, 이런 걸 얘기할 수 있다고 생각합니다. 문학의 전통이 삶의 실질적 내용을 많이 이야기했다면, 정치에 의한 삶의 단순화가 어려워지지요. 또 하나 정치에 너무 많은 관심을 가질 때 잘못되는 것 하나가 정치로서 인생을 대체할 수 있다고 생각하는 것입니다.

다른 데서도 한번 얘기를 했습니다마는, 우리가 전통적으로 하는 얘기에 수신을 하고 제가를 하고 치국평천하를 한다, 이런 말이 있는데 수신을 하다가 보면 나라에 도움을 줘야겠다, 이런 생각이 드는 게 자연스러운 건데, 거꾸로 치국평천하를 논하면 저절로 수신도 되는 것처럼 착각을 하는 경우가 많지요. 조선조시대의 사람들이 쓴 글을 보면 촌에 사는 무명의 학자들이 나라를 다스리는 일을 굉장히 많이 얘기합니다. 그러면서 자기가 뭔가 된 것처럼 생각하지 않았나 하는 생각이 듭니다. 그걸 또 칭찬하구요. 약간 비판적으로 생각해서 치국평천하를 얘기하면서 수신은 좀 등한시하는 경우도 많이 않은가, 이런 생각을 하게 됩니다.

사실 택시 운전사분들한테 미안한 얘기지만, 농담을 해보겠습니다. 먼저 말할 것은 가장 성인 같은 사람이 택시 운전사다―이런 글을 한 번 쓴 적이 있다는 이야기입니다. 왜 그런가? 다른 사람은 다 자기 하고 싶은 대로 하고 자기 가고 싶은 대로 가는데, 다른 사람이 하고 싶은 대로, 다른 사람이 가고 싶은 대로 차를 몰아가는 사람이 택시 운전사니까… 이거야말로 진짜 성인이다. 이런 얘길 했습니다.

그런데 다른 이야기로 돌아가면 택시 타고 운전사들하고 얘기해보면 전부 대통령감입니다. 나라가 이래야 되고 저래야 되고 이런 얘기를 합니다. 이것은 택시 운전사만의 이야기는 아닙니다. 우리 모두 만날 하는 얘기가 나라는 이래야 되고 저래야 되고…. 그래서 수신제가치국평천하에서 평천하를 하면 수신이 된 것처럼 착각하는 경우가 너무 많다는 생각이 들고, 조선조 시골 선비들이 한 것도 평천하 얘기하고, 수신은 등한히 한 것이 아닌가 또는 안거(安居)하고 낙업하는 일은 제쳐놓은 것이 아닌가 하는 생각이 듭니다.

요즘도 실제 문학이 할 수 있는 것은 수신까진 아니더라도 우리가 사는 것이 구체적으로 문학을 보면서 이것이 어떻게 평천하에까지 이를 수 있느냐를 얘기하는 것이 아닌가 생각하게 됩니다.

평천하만 얘기해도 안 된다고 했는데, 요즘은 또 보면 문학이 수신도 얘기 안 하고 평천하얘기도 안 하고 완전히 눈에 뜰 수 있는 기발한 얘기를 해볼까, 이런 의도가 많은 작품에 숨어 있다는 인상을 받습니다. 그래서 나는 그전부터 이데올로기적인 문학에 대해서 약간 비판적인 생각을 가지고 있었는데 요즘에는 그쪽으로 마음이 돌아가는 것 같습니다.

요전에 어느 문학 심사에서 이런 얘길 했습니다. 듣기 싫은 것이 자기가 더 아는 것처럼 다른 사람한테 이래라 저래라 하지만, 요즘의 작품들을 보면, 차라리 그게 낫다는 생각이 듭니다. 문학하는 사람이 요즘 와서 다시 생각해야 하는 건 문학, 특히 시인은 국민의 교사라는 걸 잊지 말아야 한다, 그걸 앞세우면 안 되지만 국민의 교사라는 걸 잊지 말고 글을 써야 한다, 이런 얘길 화가 나서 좀 했었습니다. 너무 기발한 시들이 많고 그런 걸 칭찬하는 사람도 많아서 그런 얘기가 절로 나왔습니다. 또 얘기가 길어졌습니다.

어수웅   예. 선생님 축하드리구요, 여담이라고 말씀하셨지만, 여담이 더 재밌습니다. 선생님, 지금 팸플릿도 그렇고 《체념의 조형》이라는 제목에 대해서 궁금해하는 사람들이 많을 것 같아요. 이런 제목을 지으신 의미에 대해서 말씀해주시고…, 저는 개인적으로 선생님을 뵐 인연이 별로 없었는데 제가 듣기로는 이런 기자간담회는 물론, 오늘은 집담회의 성격이지만, 기자들하고 단체로 만나는 자리가 프랑크푸르트 조직위원장 하실 때 말고는 없었다는 말을 들은 것 같은데 그게 선생님께서 사양을 하셨던 겁니까, 아니면 그런 제안 자체를 선생님한테 안 했던 겁니까?

김우창   두 번째 질문부터 답을 하면 유명인사가 되지 못해서 기자들하고 별로 만날 기회가 없었습니다.

    이 말이 나오니까 조금 다른 의미의 여담이 생각납니다. 이름 있는 분에게 들은 말인데, 그분 이름을 밝히지 않고, 그

어수웅 / 조선일보 차장

냥 들은 얘기만 말하겠습니다. 유명인사가 뭐냐 하는 이야기가 나왔는데, 그분 얘기가 유명하지 않은 사람이 어디 있느냐? 어떤 서클에서 유명하느냐가 문제이지 유명하지 않은 사람은 하나도 없다는 겁니다. 동네에서 유명한 사람이 있고, 자기 집안에서 유명한 사람이 있고, 동창회에서 유명한 사람이 있고, 문학계에서 유명한 사람이 있고, 정치에서 그렇고, 서클이 문제지 유명하지 않은 사람이 하나 없다… 이 말을 듣고 정말 내가 깊이 생각을 하지 않았다는 것을 알았습니다. 우리나라에서 유명한 걸 너무 좋아하는데 유명하려고 노력할 필요 없다. 다 유명한 사람이다, 이렇게 생각할 필요가 있다, 이런 생각에서 말씀드렸습니다.

《체념의 조형》이란 말은 그 책 서문에 설명이 나와 있습니다. 릴케의 시에서 따온 것입니다. 릴케 시에, 사람이 어떤 물건을 정확히 인지한다는 것은 그 인지능력을 통해서 이루어지는 것이다 하는 생각이 표현되어 있습니다. 칸트적인 생각이죠. 인지능력을 통해서 이루어진다는 것은 사람이 완전히 사물 자체를 객관적으로 이해하는 건 불가능하다는 말이 됩니다. 그러나 객관적인 인식이 없는 건 아닙니다. 다만 그러기 위해서는 그 인지능력에 있는 주관적 요소를 줄여야 한다, 그걸 없애려고 노력해야 한다, 체념해야 한다는 결론이 나옵니다.

릴케 시에 그렇게 나와 있습니다. 나무를 인식하려면 나무가 공간에 있다는 걸 알아야 합니다. 너무나 당연한 이야기입니다. 화가들은 나무 잎사귀 하나만 그리는 게 아니라 나무가 어떤 위치에 있는가를 그려냅니다. 칸트식으로 얘기하면 인식의 직관 형식에 속하는 게 공간입니다. 공간에 대한 직관이 없으면 나무를 인식할 수 없습니다. 그걸 통해서 나무가 분명한 모습을 나타냅니다. 그렇다고 해서 인식 과정에 다른 주관적인 요소를 집어넣으면 안 되니까, 체념해야 한다, 우리 스스로 가진 모든 주관적 생각을 체념하고 나무를 객관적으로 보려고 노력해야 합니다. 이런 게 릴케 시에 나와 있는 뜻입니다. 체념하고 조형해야 한다는 것도 그런 의미입니다. 조형은 사람 손으로 하는 거지요. 체념은 사람이 마음속에 가진 것을 버리는 것을 말합니다. 버릴 수가 없는 걸 버리는 거죠. 그것도 하나의 패러독스인데, 이 패러독스는 심미적 인식의 기초에 들어 있는 것이기도 하고 인생의 태도일 수도 있지요.

요즘에 올수록 우리나라 시나 작품에는 주관적인 게 너무 많이 들어가 있어요. 자기 개인적인 관점에서 기발한 것들을 집어넣었어요. 그래가지고는 시가 정말 사회에 있어서의 중요한 정신적 역할을 할 수 없습니다. 자기를 버려야 시인이 되고, 버린 다음에야 자기가 되는 거지요.

쓸데없는 얘기를 더 보태면, 이것은 어떤 철학자가 공자의 사상을 현대적으로 해석하면서 한 말인데, 베토벤 곡을 가장 잘 치는 사람이 누구냐 하면, 자기 마음대로 베토벤을 뜯어고쳐서 자기 마음대로 치는 사람이 개성적으로 베토벤을 잘 치는 사람이냐 하면, 그게 아니고 베토벤의 악보에 나와 있는 걸 가장 충실하게 치는 사람이 베토벤을 가장 개성적으로 잘 치는 사람이라는 것입니다. 가장 충실하게 하다 보면 그 사람의 베토벤을 치는 스타일이 가장 독특한 것이 된다는 것입니다. 이것도 하나의 역설이라고 하겠습니다. 모든 예술활동에 있어서, 또 사고활동에 있어서, 또 인생을 사는 데 있어서도 사실 이것은 중요한 관찰이라고 생각합니다. 체념의 조형이라는 말도 비슷한 말이라고 할 수 있습니다.

고미석 선생님, 음력으로 하면 어떻든 희수가 된다고 하셨는데, 이제 선생님의 나이 듦에 대한 생각이 좀 궁금합니다. 선생님께서는 TV는 잘 안 보시겠지만, 요새는 동안(童顔) 열풍이니 하며 하여튼 젊어 보이는 게 가장 높은 권력이자 가치가 되는 세상이거든요. 그래서 나이 듦에 대한 생각을 좀 들려주시면 고맙겠습니다.

김우창 내 좋아하는 시에 토마스 하디가 쓴 시가 있습니다. 나이가 들 때까지 인생을 살다보면 많은 걸 깨닫게 되는데 그때는 그 인생에서 그런 깨달음이 아무런 소용이 없는 때다, 이런 얘기를 한 시입니다. 나이 들었다고 깨닫는 것이 있어도 아무 소용이 없는 거지요. 그러니까 안 깨닫는 게 가장 좋을 것 같습니다.

　　　그런데 아무것도 알 수 없는 게 인생이다, 이런 느낌이 절

고미석 / 동아일보 논설위원

실합니다. 거기에서 교훈을 끌어내자면 두 가지를 끌어낼 수 있는데 하나는 현재에 즉해서 사는 게 가장 중요하다. 다 지나가버리는 거니까…. 젊으면 젊은 대로 늙으면 늙은 대로.

이게 하나이고 또 하나는 인생이라는 게 정말 알 수 없는 거다…. 허무한 것이 인생이다 하는 것이지요. 그런데 여기에서 하나의 교훈이 나올 수 있다고 할 수는 있습니다. 알 수 없고 허무한 것이 인생이라면 좀더 너그럽게 살아야 한다…. 이런 건 나이든 사람일수록 생길 것 같아요. 그러니까 이건 절망감을 주는 것이기도 하지만, 좀더 겸손해야 한다는 것 같습니다. 정말 신비스러운 것이 잠깐의 목숨을 가지고 사는 것이지요.

릴케의 시에는 죽음에 관한 얘기가 많습니다. 상당히 젊어서 죽었는데도. 죽음과 삶, 어느 쪽이 진짜냐, 이걸 자기가 생각해보면 죽음이 진짜다, 삶이라는 것은 죽음의 바다에 이르려는 하나의 파동에 불과하다…. 이런 얘기를 한 것도 있습니다. 죽음이 영원한 거고 거기에서 잠깐 뭔가 잘못 돼서 파동이 일어난 게 삶이다…. 이런 것이지요. 그렇게 생각해보면 역시 죽음이라는 것도 그렇고 삶이란 것도 그렇고 신비스러운 거다…. 더 조심스럽게 겸손하게 살아야 한다…. 이런 생각을 하게 됩니다.

박해현   선생님, 축하드립니다. 개인적인 기억은 선생님하고 한번 가라타니 고진이 오셨을 때 민음사에서 김우창 선생님하고 대담을 하셨는데 고진을 거의 제압하셨던 걸로 제가 옆에서 보았습니다. 선생님 글을 볼 때마다 우리 인문학, 한국에서 인문학이란 무언가를 생각할 때 선생님 글을 떠올리면 인문학이 저렇게 좋은 거다… 라는 생각이 드는데…. 선생님 글에서 저희들이 많이 듣는 개념 중 하나가 심미적 이성입니다만…. 오늘 이 자리에 한 번 더 심미적 이성이란 개념을 어떻게 생각하셨고, 지금도 설명을 하신다면 어떻게 하실지 좀 간략하게 말씀 부탁드리겠습니다.

김우창 아까서부터 유종호 선생께서도 가라타니 고진을 말씀하셨는데 거기에 대하여 충분히 답을 드리지 못했습니다. 가라타니 씨는 일본에선 특이한 비평가예요. 일본 문학에 대해 비판적인 생각을 많이 가지고 있고 한국의 전통에 대해 호감을 많이 가지고 있습니다. 한국에 대해서 많이 열려 있는, 일본 사람들이 열려 있다고 해도 대게 자기 문화에 대해서, 우리나라도 그렇고 모든 나라 사람들이 다 그렇지만, 자기 문화에 대한 자존심이 강합니다. 물론 가리타니 고진 선생도 그런 걸 가지고 있지만, 일본 문화에 대해서 그렇게 비판적으로 생각하고 한국에 대해서 열려 있는 생각을 하고 또 문학뿐만 아니라 정치적, 철학적 관심이 상당히 넓은 그런 사람이기 때문에 우리가 더

박해현 / 조선일보 논설위원

심각하게 받아들이고 또 호의를 가지고 대해야 한다, 이런 생각을 합니다.

심미적 이성이란 말은, 내가 창안한 말은 아니고, 원래 메를로퐁티에서 나온 말인데, 깊은 의미가 있는 말인 것 같습니다. 현실을 이성적으로 생각하되 심미적 요소를 첨가하여 현실의 복합성을 파악할 수 있어야 한다는 개념이라고 할 수 있습니다. 현실은 늘 단순하고 일정한 형태로 파악할 수 없다는 것을 인정하는 이성의 이야기이지요. 체념의 조형과 비슷하게 역설을 가지고 있는 말입니다. 원래 그 말을 쓰게 된 계기만을 잠깐 얘기하겠습니다.

메를로퐁티는 철학자 중에서도 과학적인 사람입니다. 그러기 때문에 바로 감각과 감성을 존중했습니다. 주어진 현실에 열려 있는 것이 감각과 감성이니까. 박정희 정권이 무너진 다음 민주화체제가 들어설 거라 생각했는데 전두환 장군이 갑자기 나타났지요. 그때 심미적 이성이란 말을 생각했습니다. 메를로퐁티는 이 말을 여러 뜻으로 썼지만, 한 문맥에서는 사회를 개혁한다고 하는 경우 그것을 송두리째 개혁할 수 있는 건 아니다, 마치 비유를 쓸 때, 비유는 엉뚱한 것처럼 보일 수 있지만, 그 근본이 되는 사실을 크게 넘어갈 수 없는 것과 같다. 이런 말을 했습니다. 꽃다운 청춘이라 말한다면, 꽃에 청춘 같은 것이 들어 있기 때문에 그렇게 말할 수 있습니다. 비유를 쓸 때는 비유의 원천을 변형해서 쓰는 것인데, 원형에 들어 있는 가능성을 가지고 비유를 쓰는 것이다…. 메를로퐁티가 왜 이 얘기를 했냐면 혁명이란 사회를 한번에 바꾸

는 게 아니고, 사회가 가지고 있던 가능성에 변혁을 가하는 것
이라는 사실을 설명하려는 것이었지요. 전두환 장군이 정권을
잡을 때 우리 사회 속의 민주적 가능성이 충분히 존재하지 않
았기에, 우리가 민주주의를 열망했어도, 우리 현실에 그것을
위한 요인이 성숙되어 있지 않았기 때문이 아닐까, 이렇게 생
각하여 위로를 찾아보려 했던 말입니다. 그러나 그전부터 메
를로퐁티에 대해선 공감하는 바가 많았습니다.

최맹호 나이가 들면 철이 든다는 말이 있습니다. 우리 민족의 민족
성에 대해 여쭈어 보겠습니다. 1921년 윤치호(尹致昊, 1865~
1945)가 쓴 일기를 보면 한국민족의 갈등구조가, 조선 500년
이 일제 침략을 받을 수밖에 없다는 식으로, 산하(山河) 전체
적으로 피폐하게 만들었다고 지적했습니다. 100년 전 윤치호
가 말한 갈등구조와 지금의 현실에는 어떤 연관이 있다고 보
시는지요?

김우창 위에서 말하였지만, 조선조에 이데올로기적 갈등이 많았다
는 것을 부정할 수는 없지요. 사화는 그 한 부산물이 아니었

최맹호 / 동아일보 부사장

49

겠습니까? 윤치호 선생이 일기에 적은 것이 이러한 것을 말한 건지는 모르지만. 또는 계급적 사회의 불평등을 말했을 수도 있을 것 같습니다. 조선조의 선비가 시비를 가리는 데에는 날카로워도, 관용이나 용서 또는 구체적 인간 현실에 대한 배려—이러한 것들에 강했다고 할 수는 없을 것입니다. 지금도 그런 것 같지만….

조금 다른 이야기가 되지만, 고미석 선생의 질문에 답하는 것을 겸하여, 갈등의 다른 요인에 대하여 조금 이야기하겠습니다. 이것은 유교를 좋게 보는 이야기가 되겠지만….

프랑스혁명에서 혁명을 일으킨 사람들이 나이가 대부분이 20대에서 30대 초반이었습니다. 이것은 여기 계시는 유종호 선생이 일깨워준 사실입니다. 젊은이들이 큰 혁명을 일으킬 수는 있었지만 그것이 현명하게 좋은 정치체제로 쉽게 옮겨가지 못한 것은 나이든 사람들이 참여를 덜했기 때문이라고 볼 수 있을지 모릅니다.

요즘도 유럽이나 남미를 보면 40대 초에 대통령이 되는 사람이 많은데 한국에선 거의 불가능한 것 같습니다. 늙은 사람이 역시 현명하다는 생각이 우리 마음에 남아있는 듯합니다. 그건 좋은 듯합니다. 신체적 에너지는 좀 없지만 그래도 많이 생각하고, 느긋하게 생각하는 건 늙어가면서 좀더 많아지는 것 아닌가, 그래서 철이 드는 게 아닌가 합니다. 그러면서도 다른 점도 있습니다.

우리 민족의 특성에 잘못한 점을 말하기는 쉽지 않습니다. 오래 전에 대만에서 열린 학술회의에 참석했을 때 잘 아는 대만 소설가와 이야기하면서, 중국인이 보기에 한국인의 인상 어떠냐고 물으니 표한(慓悍)하다고 하더군요. 상당히 맹렬한 사람들이라는 뜻이지요. 타협할 줄 모르고 아주 성질 급한 사람들이라고….

또 하나 보태겠습니다. 일본문화연구소라는 데에 체류한 일이 있습니다. 중국도 몇 차례 가고…. 일본에서 보면 이렇게 깨끗하고 예의 바르고 정직한 사람들이 있나 하는 느낌이 듭니다. 그래서 저는 일본 다녀오면 다 친일파 된다고 농담을 합니다. 그런데 중국 가면 그렇지 않아요. 지금은 좀 달라졌겠지만 과거 느낌으로는 중국이 일본보다 훨씬 위대한 문화적 전통을 가졌는데 왜 중국의 인상이 이러냐 하는 생각을 가졌습니다. 그걸 이해하려고 하면서 문화재라는 것도 당대의 사람이 보존하는 데 따라 달라진다는 것을 생각했습니다. 처음 중국에 갔을 때 북경공항은 버스정류장 같았습니다. 그런 상태에서 옛 문화재를 제대로 보존 못하고 문화유산을 현대적으로 해석을 잘못하고 그래서 안 좋아 보였지요. 일본은 메이지(明治) 시대부터 많은 걸 바로잡고 새로 고치고 보존했기에 더 좋아 보인다고 생각했습니다. 모든 문화에는 그 나름의 장단점이 있는데 당대의 사람들이 그걸 어떻게 보존, 재해석하느냐에 따라 좋은 것이 표현되기도 하고 나쁜 것이 표출되기도 한다고 하겠습니다. 우리나라에도 좋은 것, 나쁜 것이 있는데, 한쪽으론 보존하고 한쪽으론 재해석해야 합니다. 그렇게 하면 나빴던 것도 좋아집니다. 옛날에 우리 김치가 험악한 음식으로 여겨졌는데 세계유산으로 지정된 걸 보면 보존과 재해석이 얼마나 중요한지 생각하게 되지요.

 개화기 이후 지식인들이 우리 전통을 비판적으로 본 것은 당대 우리 상황에서 불가피한 것이 아니었겠습니까. 재해석한다고 해서 뜯어고치라는 것은 아닙니다. 광화문을 복원한다고 할 때 신문 칼럼을 쓴 적이 있지요. 복원이라는 말 자체가 이상하다, 14세기에 이뤄진 것을 20세기에 어떻게 지었다고 쓰겠는가, 옛 것이 시간 속에서 바뀌는 것을 인정해야 한다는 말이었지요. 글이나 이념도 보존하되 재해석해야지요. 이탈리아사람들이 복원 작업을 하면서 오래 토의한 것 중 하나가 미켈란젤로의 조각과 그림을 옛것처럼 고치는 것이 바른 일인가 하는 것이었습니다. 그림에도 그림이 지나온 시간이 있는데 그것을 말소하는 것이 옳으냐 한 것이었지요, 이것은 문화재 보존의 이야기이니까 조금 다른 것이지만, 많은 역사의 유산은 보존하면서 재해석해야 합니다. 문화재도 주변을 깨끗이 하는 것만으로도 좋은 것이 될 경우가 있습니다. 문화 전통은 좋은 것, 나쁜 것을 오늘 관점에서 비판적으로 보고 새로 살려나가서 서양에서 볼 수 없는 것을 찾아야 합니다.

 모든 나라에서는 그 문화가 출발하는 데 근본이 되는 서사시가 있습니다. 우리는 없습니다. 동아시아 전부에서도 그렇습니다. 서양의 서사시는 전쟁을 다룬 것인데, 중국에서는 그 자리에 시경(詩經)이 있습니다. 시경은 일상적으로 사는 모습, 밭에 가서 풀 매는 것까지 전부가 주제입니다. 그것까지가 인생에서 높이 생각해야 할 것으로 이야기됩니다. 전쟁의 용맹만이 덕의 근본이 되는 것은 아니지요.

하현옥 《체념의 조형》의 의미를 설명하시면서 주관적 생각을 체념하
는 게 중요하다고 강조하셨는데 객관적, 가치중립적 태도를
어떻게 지킬 수 있을지요?

김우창 엄격히 말하면 객관은 불가능하지요. 객관적으로 쓴다는 건
객관적이려고 노력하는 건데, 노력이란 건 주관적이지요. 사
람은 절대적 의미에서 객관적일 수는 없으나 객관을 향해 노
력할 수는 있습니다. 객관적이면서 자신의 객관성을 지나치게
내세우면 더 큰 객관성의 가능성을 막게 되는 수도 있습니다.
　　보편적이란 걸 얘기하면서도 그런 설명을 할 수 있습니
다. 가장 보편적 관점에서 본다고 하지만 그건 보편적이려는
노력이지 진짜 보편성이 아닌 것이 보통입니다. 그런데 자기
가 말하는 보편성이 보편성에 가까이 가려는 노력일 뿐이라
는 것을 스스로 의식하는 것은 또 어려운 일입니다. 그렇다고
보편성이 없다고 하는 것도 문제이지요. 그러면 만인 전쟁의
상태가 정당하다는 생각이 나오게 됩니다. 국제 관계에도 이
해관계만 있고 인류의 보편적 이상이 없다는 생각은 비관주
의적인 생각이지요. 이 비관주의는 비관적인 상황을 만들어내

하현옥 / 중앙일보 기자

는 데 기여합니다.

염재호   인문학의 석학이신 김우창 선생님께서 정치에 대해 언급하시
니 정치학으로 학위를 한 사람으로서 정치에 대해 여쭙겠습니
다. 여기 정치학계의 석학 진덕규 선생님도 계십니다만…. 정
치와 개인의 관계는 어떤 것인지요.

김우창   정치를 움직인다는 건 집단적 관점에서 여러 가지를 생각하
기 때문에 개인적인 것이 등한시되는 경우가 많습니다. 개인
을 일일이 넣어서 모든 걸 생각하면 정치문제를 해결할 수 없
기 때문에 무시하는 게 불가피하다는 걸 일단 받아들일 수
밖에요. 그런데 중요한 것은 불가피하다는 것에 대해 인식하
는 것입니다. 대통령이 군대를 보내 전쟁할 때 이번 희생자는
200명밖에 안 됐다고 해서 참 잘 됐다며 술잔치를 벌일 수는
없지요. 천 명이 죽었든 한 명이 죽었든 한 명, 한 명에겐 죽음
은 절대적 사실이기 때문에 한 사람, 한 사람에 대해서도 생각
할 수 있어야 참으로 깊은 인간성을 가진 대통령이지요. 그런
데 전쟁은 사람이 가장 기피하여야 할 집단행동이지만, 전쟁

염재호 / 고려대 부총장

을 안 할 수 없는 경우도 생길 것이고…. 그러면 한 사람이라도 안 죽이려는 노력이 허사가 될 것이고…. 그런 걸 고민하는 게 정치란 걸 잊지 말아야 하겠지요. 정치학은 이러한 인간의 비극적 상황도 밝혀야 하는 것이 아닐까요? 전쟁이 아니라도 정치학은 거기에서 다루는 여러 카테고리 자체가 비극적 요소를 갖고 있다는 걸 의식하지 않을 수 없을 것입니다. 미국에서 얼마 전, 인문과학, 사회과학의 변화에 대해 비판적인 입장을 취한 사람의 이야기가 보도되었는데 미국의 정치학이 정책학으로 넘어가면서 정치에 대한 깊이 있는 이해가 줄어들었다는 언급이 있었습니다. 우리나라에서도 정치학이 정책학으로 옮겨 갔을 가능성이 큰 것 같습니다.

　이러한 문제와 관련하여 하나를 더 보태면, 사회과학에도 인문과학의 학문적 요건이라고 할 수 있는 인간 현실에 대한 구체적 감성이 필요한 것이 아닌가 합니다. 제가 미국에서 공부할 때 수강과목에 '도시의 역사'가 있었습니다. 프랑스와 영국에서 도시의 발달에 대한 전반적인 사실이 핵심 내용이 되지만, 도시화가 진행되면서 일어난 일을 소재로 한 발자크, 디킨스의 소설도 읽으라는 독서 리스트가 있었습니다. 소설이 보여주는 개인적 삶의 문제를 포용하면서 사회 전체를 고려하는 것이 필요하지 않나 합니다.

정영진　프로페셔널리즘이 만연한 사회에서 차원 높은 가치를 실현하려면 자기 영역을 넘어서는 넓은 시각이 필요하다고 봅니다. 법률가라는 영역에서만 활동하다가 오늘 다양한 관점을 요구하는 인문학 접근 방식을 보고 감명을 받았습니다.

김우창 전문 분야를 넘어 가는 넓은 시각이 필요하다는 것은 옳은 말
씀입니다. 법의 경우에도 그러하지요, 시카고대학 법률대학원
에 마사 너스바움이라는 교수가 있습니다. 우리나라를 방문한
일도 있습니다. 원래 희랍 철학의 권위자인데, 소설을 논하는
글도 많이 썼습니다.

　　법에는 인간 현실에 대한 섬세한 이해가 필요하다는 것이
그의 주장입니다. 그리하여 브라운대학의 고대 희랍철학 자리
에서 법학대학원으로 옮겨가게 된 것입니다.

　　말할 것도 없이, 전문영역을 벗어나 큰 영역을 생각하는
건 어려운 일입니다. 그러나 인간사의 모든 처리는 인간이 무
엇인가, 어떻게 하는 것이 인간으로서 인간답게 사는 것인가
를 이해하려는 노력을 배경으로 가지고 있어야 한다고 생각
합니다. 아까 말한 대로 개인적이고 구체적인 인간 현실에 대
한 지혜의 습득, 감성의 훈련이 불가결하지요. 그러나 그것이
지나치게 개인적인 느낌만을 말하는 것은 아닙니다.

　　우리나라에서는 법조계 분들이 추상적 개념이나 상투화

정영진 / 김&장 법률사무소 변호사

된 관습을 넘어서 개인적 양심에 따라 행동하는 것이 중요하다는 인식이 생겨나는 것으로 보입니다. 반가운 일입니다. 그러나 그것은 동시에 고민의 대상이 되어야 하는 것이라고 할 수도 있을 것입니다.

　전에 헌법재판소에서 강연한 적이 있습니다. 법조인이 행동할 때 몇 가지 차원이 있을 것이라는 이야기를 했습니다. 판결할 때 양심에 따르는 것이 하나의 차원입니다. 그러나 개인의 양심을 믿을 수 있느냐 의심할 수 있습니다. 양심이 하나의 차원이라면, 또 다른 하나의 차원은 법 정신입니다. 법조문이 어떤 정신에서 만들어졌느냐를 이해할 필요가 있지 않나 합니다. 법체계의 기본이 되는 원칙이 뭔가, 법 제정 시의 정신이 무엇인가 이러한 것을 생각하지 않을 수 없을 것입니다. 이런 것은 내 양심을 초월한 법의 양심이라고 할 수 있습니다. 그러나 이것은 법 체제 전체가 인간에 대한 또는 어떤 특정 사회에 있어서의 인간의 사회적 존재에 대한 윤리적 이해를 구현한다는 것을 전제하는 일일 것입니다. 그러므로 이 차원에서 법 전체를 검토하는 노력이 필요하겠지요. 그러니까 아까도 말씀드렸지만, 그것이 너무 이데올로기화되면 곤란하지만, 한 사회에는 보이지 않는 윤리적 기초가 있기 마련이라는 생각을 버릴 수가 없습니다.

　법에 들어 있는 여러 차원을 다시 말하면, 위에서 빠진 것으로 법조문을 그대로 적용하는 차원이 있다고 하겠습니다. 즉, 법조문 차원이 있습니다. 그리고 법적 양심의 차원이 있고, 개인적 양심의 차원이 있습니다. 또 이 모든 것은 한 사회의 기초 차원으로 인간에 대한 윤리적 전제가 있습니다. 법의 범위 안에서 이 가운데 제일 중요한 것은 법의 양심이 아닌가 합니다. 직업도 직업이 갖고 있는 직업정신이 있고 학문에는 또 자기 소신이 아니라 학문의 객관성에, 그것이 요구하는 가치중립성에 충실해야 한다는 요구가 있습니다. 그것이 학문하는 사람의 양심입니다. 그러면서 동시에 개인적인 의미에서의 자기 양심에 충실해야 합니다. 막스 베버가《직업으로서의 학문》에서 말하는 것도 이러한 것입니다. 이러한 여러 요구들은 하나로 조화될 수도 있고 서로 갈등할 수도 있겠지요. 이것을 하나가 되게 하는 노력이 사회 전체에 존재할 때, 사회는 참으로 인간적인 사회가 된다고 할 수는 있지만.

요즘 인문학 강좌가 번창하는 것은 상업적 이유도 있겠지만 직업인들이 갖고 있는 보편적 인간 인식에 대한 욕구 때문일 것입니다. 젊어서 학교에서 받는 인문학교육에서 이 욕구의 기초가 이루어진다고 할 수 있습니다. 그러나 그 후에도 계속적으로 이러한 문제에 흥미를 가지고 탐구하는 것은 자신의 삶을 더 보람 있게 살려는 노력에서 필수적인 일이라고 하겠습니다.

조상호　긴 시간 동안 감동적이고 유익한 말씀을 해주신 김우창 선생님께 감사드립니다. 진지한 질문을 던져주신 여러 참가자 선생님들께도 감사드립니다. 시간이 상당히 경과하여 모두 시장하실 것입니다. 소찬을 마련하였으니 식사하시며 격의 없는 대화를 더 나누시길 바랍니다. 감사합니다.

《체념의 조형》서문 —
전체성의 모험: 글쓰기의 회로

나남 문선(文選)의 출간에
부쳐서

나무는 스스로에

금을 긋지 않으니. 그대의 체념의 조형(造形)에서

비로소 사실에 있는 나무가 되리니.

—라이너 마리아 릴케

I   체험과 사실 정보

1   기억과 정보

말과 사물

—

글을 쓴다는 것은 무엇을 뜻하는가? 생각나는 대로 이런 저런 것을 들어 이 문제를 궁리해보자는 것이 이 글의 의도이다. 글을 쓰는 일은 여러 가지 사실들을 하나의 일관성 속에 연결하려는 노력이다. 더 야심적으로 말하면, 사실들을 모아 사실들의 전체 내지 전체성에 이르고자 하는 일이라고 할 수 있다. 또는 거꾸로 준비한 전체성으로 사물들을 재단하려는 것이다.

생각해보면, 말을 하는 것 자체가 그러한 일이다. 어떻게 말의 밖에 있는 것들을 말 속에 담을 수 있는가? 그것은 사물들을 말의 체계에 수용하려는 것이다. 달리 말하면, 그것은 자기도 모르게 말의 체계에 사로잡히는 일이다. 왜곡은 불가피하다. 그리하여 말보다는 침묵이 사물의 진실에 가까이 가는 것이라는 주장도 나오게 된다. 말은 너무나 익숙한 것이기 때문에 우리는 말의 본질적 왜곡을 쉽게 느끼지 못한다.

이 왜곡은 개념적 주장, 이념이나 추상적 체계에 의지하여 판단을 내리고, 그것을 말이나 글로 옮기는 일에서 가장 심각한 것이 된다. 그러나 이 경우에도 우리는 언어와 사물의 진상 사이의 간격을 느끼지 못하거나 개의치 않는다.

사람이 사는 세계 전체를 언어로 표현하고 그것을 체계화하고자 하는 것은 모든 지적 노력의 근본 동기이다. 이것은 흔히 고귀한 동기로 간주된다. 또 그것은 사람이 가지고 있는 설명할 수 없는 앎의 추동력이다. 이러한 동기는 혼란기의 사회에 특히 강하게 작용한다. 삶의 사회적 조건에 대한 체계화를 갈망하는 경우를 생각하면, 그것은 사회적 혼란이 심화되는 시대에서 불가피한 생존 본능이 아닌가 한다. 지도 (地圖)는 생존의 필수 도구이다. 사물들을 개념의 지도에 그려 넣었을 때, 사람들은 사물을 진리의 그물 속에 사로잡았다고 생각한다. 그리고 거기에서 자랑을 느낀다. 이 자랑은 혼란의 시대에 대하여, 또 그러한 시대의 험난한 대인관계에서의 승리감이기도 하고, 그 연장선 위에서 자연의 지적 해부는 거대한 적수(敵手)로서의 자연에 대한 승리감이기도 하다.

말과 사물의 간격 그리고 그 변형을 벗어날 도리는 없다. 이것은 초보적 논리학에 나오는 "소크라테스는 사람이다" 운운하는 명제에서도 알 수 있다. 사실을 일반적 범주에 잡아넣는 포섭(subsumption)의 관계가 없이는 이러한 문장을 발화(發話)할 수가 없다. 단순한 지시 기능을 가지고 있는 언어에도 그러한 포섭이 들어 있다. "단풍든 잎이 다 졌다"고 하는 말은 단순한 서술이지만, 그것은 사실을 의식의 연속 속에 확인하고, 그 확인을 주장한다. 그리고 낙엽이 가을의 현상이라는 판단이 들어 있다. 그렇지 않다면, 낙엽에 대한 다른 설명이 필요하다.

그러니까, "단풍잎이 다 졌다. 가을이 깊었다", "가을이 깊었다. 단풍잎 지는 것으로도 이것은 알 수 있다"하는 일반적 배경에 대한 이해가 거기에 들어 있는 것이다.

사실을 이미 알고 있는 테두리에 편입하는 것이 불가피한 언어의 기능이고 그것이 사실과 언어의 장벽을 이룬다고 하더라도, 언어를 통하여 조금 더 진실에 가까이 가고 조금 더 절실한 진리감을 가질 도리는 없는 것일까?

기억의 양의성
—

이러한 문제를 조금 더 복잡하고 섬세하게 생각하는 데 기억의 문제는 흥미로운 테마가 될 수 있다. 기억은 사람이 겪는 일을 시간 속에서 연결하는 행위이다. 그런데 이 연결은 내적인 것이기도 하고 외적인 것이기도 하다. 이 두 가지 연결방식은 인간의 삶의 진실이라는 관점에서 장단점을 가지고 있다. 조금 엉뚱한 것으로 보이기는 하지만, 기억의 두 가지 방식은 부분과 전체의 문제를 생각하는 데에 하나의 실마리가 될 수 있지 않을까 한다.

기억과 시간 속의 삶
—

사람의 삶에 기억이 어떤 의미가 있는지는 분명치 않다. 신경질환에 대한 어떤 보고에 보면, 장기적 기억에 문제가 있는 사람들 가운데는 사람을 볼 때마다 전에 만났던 사람이라는 것을 잊어버리고 처음 보는 사람을 만나는 것처럼 새로 인사를 하고 신상에 대하여 물어보는 환자도 있다고 한다. 의사의 관점에서는 물론 그것은 심한 질병의 증세이고, 무엇인가 잘못된 것이 있는 것으로 판단하는 것이지만, 따지고 보면 그것이 왜 잘못되었다는 것인지는 분명치 않다. 등산길에서 보게 되는 이른 봄의 야생화는 별 의미 없이 반가운 마음을 일으키는데, 꽃은 사실 그 전해에 본 장소에 그대로 피어난 것인데도 새로 만나는 기쁨을 준다. 사람을 만나서 늘 새로운 느낌을 갖는 것은 왜 그것과 달라야 하는가?

어떤 이유로인가 사람은 언제나 계속되는 서사(敍事) 속에서 살아야 한다는 강박을 가지고 있다. 사람은 일어났던 일을 다시 이야기해야 한다. 사람들은 사람을 만나면, 집에서나 길거리에서나 지하철에서나 자신에게 일어났던 멀고 가까운 사건들을 곧 이야기한다. 세상은 사물들로 차 있는 곳이 아니라 이야기로 차 있는 곳이다. 모든 것은 이야기 되어야 한다. 그것이 맞는 것이든 아니든, 깊은 것이든 천박한 것이든. 나는 나의 삶을 이야기 속에 살고 있다. 내 자신의 삶의 경우에 그러하지만, 그로부터 유추하여 또는 직접적으로 일어나는 공감을 통하여 다른 사람도 그러해야 할 것으로 생각한다. 이것은 사람이 시간 속에 살고 있다는 사실에 연관되기 때문일 것이다. 시간은 사람의 삶을 하나의 삶이 되게 하는 삶의 다발 속에 있는 심지와 같다.

조금 복잡하게 따지고 보면, 자연의 경우도 마찬가지이다. 산에서 피는 꽃은 늘 새롭지만, 새로 피는 꽃은 다른 한편으로 우리에게 시간을 의식하게 하는 사건이다. 새로 피는 꽃—특히 새봄에 피는 꽃은 계절이 바뀐다는 것을 또 그것이 순환한다는 것을 느끼게 한다. 그러면서 동시에 같은 산, 같은 길에 피는 꽃은 자연의 많은 것이 지속한다는 것을 알게 한다. 지속은 한편으로 우리가 간단하고 급하게 느끼는 시간을 초월하는 것이면서 시간을 확인하게 하는 사건이다. 자연의 지속은 자연이 시간 속에 있으면서도 사람의 시간의 가벼움을 넘어가는 긴 리듬의 시간 속에 있다는 것을 말하여준다. 그리하여 그것은 사람에게 위안의 요인이 된다.

사람에게 기억이 중요한 것은 사람의 삶도 이러한 긴 리듬 속에서 어떤 맥락을 가지게 되는 것을 소망하기 때문일 것이다. 물론 기억은 이러한 것 이상의 여러 가지 의미, 중요하기도 하고 문제적이기도 하는 의미를 가지고 있다.

기억과 기억의 참 의미

개인뿐만 아니라 집단의 경우에도 기억은 중요한 의미를 갖는다. 그것은 집단의 정체성을 구성하는 데에 중요한 요소가 된다(그리하여 그것은 불필요한 논쟁과 선전의 동기가 되기도 한다). 학문을 구성하는 것도, 그 많은 부분이 기억되어 있는, 또는 기억에 남아 있는 여러 사실들과 사실들의 연관들이다. 그리하여 여러 문화 전통에서 기억을 강화하는 방법들이 고안되었던 것을 볼 수 있다. 서구의 전통에는 고전 시대부터 기억술(mnemonics)이라는 것이 생겨나서 사람들이 이것을 사용하여 자신들의 기억을 튼튼히 할 수 있다는 생각이 있었다. 이런 기억술은 어떤 의미를 갖는 것일까?

너무 많은 것을 기억하여 살기가 어려워지는 경우도 없지 않다. 소련의 심리학자 루리아(A. R. Luria)가 쓴 한 유명한 책에 보면, 앞의 정신과 환자의 경우와는 달리, 기억이 너무 좋아서 살기가 어려워진 사람의 이야기가 나와 있다. 과거를 너무 완전하게 기억하기 때문에 그 환자는 길을 가는 일이 힘들어진다. 현재의 일과 과거의 일이 뒤섞여 현재 속에서 자기가 가는 방향을 바로 잡을 수가 없는 것이다. 이런 병적인 경우가 아니라도 기억의 의미가 왜곡되는 것들을 볼 수 있다. 기억은 늘 좋은 것인가? 기억은 어떤 것이라야 좋은 것인가?

좋은 것도 그 근본이나 바탕을 떠나 수단으로서의 측면이 강화되면, 왜곡이 일어나는 것이 사람의 삶, 특히 오늘의 삶이다. 조금 샛길로 들어서는 것이지만, 이것을 잠깐 말하면, 물질적 수단은 의미 없는 소유와 사치가 되고 수단화된 정신의 기술은 요령이 된다. 요령이 된 삶은 일의 본말을 전도하는 결과를 가져올 수 있다. 요령의 지배하에서는 어떤 것도 그 자체로는 뜻있는 것이 되지 못하고 다른 이익에 봉사하는 수단이 되어버린다. 최근 어떤 미국의 경제학자가 쓴 글을 보니, '인격술'(character skills)이라는 말이 있었다. 그것은 어릴 때부터 참을성이나 너그러움 등의 습관을 기르면, 그것이 나중에 평균 수입을 높이는 데 한 요인이 된다는 것이다. 이 글에는 그것을 뒷받침하는 통계도 나온다. 이 글의 바탕에 있는 생각은 인격을 닦는 것도 그 자체로 의미 있는 것이 아니라 소득을 올리는 데 도움이 됨으로써 의미를 갖는다는 것이다. 기억과 관계해서, 오늘날 기억이 중요한 것은 입학시험이나 학교의 시험의 경우이다. 이러한 시험에서 기억은 가장 중요한 요소의 하나인데, 시험되는 것은 얼마나 많은 것을 기억하는가 하는 것이다.

나의 삶을 기억으로 통합할 때, 될 수 있는 대로 모든 사항을 기억하는 것이 좋은 일인가? 나는 기억으로써 나의 삶을 소유했다고 느낀다. 그것은 나의 자만을 북돋아 준다. 내가 소유하는 삶의 사실은 이력서에 나오는 사실들과 같은 것인가? 하여튼 이력서는 나의 삶을 일정한 사실에 요약할 것을 요구한다. 그리고 이력서를 쓰는 사람도 그렇고 그것을 받는 사람도 될 수 있는 대로 사회적 스펙이 될 만한 사실들의 열거를 기대한다. 그러나 그것이 참으로 나의 삶을 뜻 깊게 요약하는 것일까?

기억 과다/기억 왜곡
———

그것이 어쨌든 기억을 좋게 하는 일은 긴급한 실용적 의미를 갖는다. 그리하여 기억을 도와주는 약품까지 신문에 광고되는 것을 본다. 서양의 기억술의 전통에서 르네상스기에 이르기까지 기억은 그 자체의 의미를 넘어서 여러 처세의 요령이 될 수 있었다. 그리하여 그것에 지나치게 역점을 두는 일이 비판의 대상이 되기도 하였다. 이러한 비판을 글에 남긴 사람의 하나가 16세기 독일의 사상가 코넬리우스 아그리파(Cornelius Agrippa)이다. 그는《인문학과 과학의 불확실성과 허영》•이라는 저서에서 기억술의 폐단을 여러 가지로 열거하였다. 기억술에는 기억을 돕는 방편으로, 기억해야 할 사항에 기괴한 이미지들을 연계시키는 기술이 있다. 그것이 기억을 돕는다. 그러나 이 기괴한 것들이 사실은 정상적인 기억을 손상하게 된다고 아그리파는 말하였다. 그의

• 우리말 번역은 불확실하여 원래 제목을 첨부한다. 라틴어 제목은, *De Incertudine et Vanitate de Scientiarum et Artium*(1530, Antwerp), 영문 제목은 *Of the Vanitie and Undertaintie of Artes and Sciences*, James Sanford 역(1569, London)이다.

말 가운데 오늘의 시점에서 더 의미 있는 것은, 기억을 좋게 한다는 것이 무한한 분량의 정보로서 사람의 마음에 과부하를 주고, 그것이 "심오하고 확실한 기억을 주는 것이 아니라 사람을 미치게 하고 날뛰게 한다"는 것이다. 아그리파는 계속하여, 이러한 정보의 지식을 내세우는 데에는 "유치한 자기 과시"가 들어 있다고 한다. "읽었던 여러 가지 것들을, 속은 텅 비어 있으면서, 장사꾼들이 상품을 진열하듯이 늘어놓는 것은 창피한 일이고, 창피한 품성의 표시이다"•라고 그는 말했다.

2   정보와 자기 방어

기억과 정보/정보의 폐단

아그리파의 이러한 말들은, 기억의 문제와는 조금 다르게, 오늘의 정보시대 — 여러 대중매체와 전자매체의 발달로 정보매체의 시대에 그대로 해당된다고 할 수 있다. 폭발하는 정보의 시대인 오늘이 있기 훨씬 이전에도 과다한 정보들이 진정한 정신적 의미를 가질 수 없다는 점을 경고하여야 한다고 느낀 사상가가 있었다는 것은 놀라운 일이다. 오늘에 와서 특히 우리는 넘쳐나는 정보들이 과연 무슨 의미를 갖는가

•   Jonathan Spence, 1985, *The Memory Palace of Matteo Ricci*, New York: Viking Penguin, 12. 아그리파의 글은 이 책에서 재인용한 것이다.

물어보지 않을 수 없다. 이 정보들을 얻는 데에는 사실 기억도 별 필요가 없는 것이라고 하겠는데, 필요 없다는 것은 전자매체의 발달로 하여 말하자면 우리의 기억이 아니라도 저장된 기억이 — 기억력을 보강할 필요도 없이 — 엄청나게 늘어났기 때문이다(그리하여 기억은 나의 기억이면서 나의 기억이 아닌 것이 된다). 유사 기억으로 공급되는 정보는 진열의 대상이 되고 자기 과시의 수단이 된다. 그리고 집단적 소통 수단이 되었을 때는, 사람을 미치게 하고 날뛰게 하는 방법이 된다.

수없이 쌓이는 정보가 자만과 광증(狂症)과 열광을 넘어 그 자체로는 별 의미가 없다고 한다면, 정보와 동시에 내어 놓게 마련인 여러 의견들은 어떤 의미를 갖는 것인가? 아그리파가 정보 과다를 타매(唾罵)한 것은 그 자체로 그러한 것이라기보다는 그것이, 적어도 그가 보기에는 쓸모가 없는 주장들을 내놓는 구실 또는 작전의 수단이 되기 때문이었을 것이다. 사실 그의 글은 그가 보기에 독단적 주장으로 보였던 당대의 글들에 대한 반박으로 쓰인 것이었다. 지금은 정보의 시대이면서 의견의 시대이다. 정보는 자주, "너희가 이것을 아는가?"하는 형식을 취한다. 이렇게 표현되는 의견은 대체로 회의를 표현하는 것이기보다는 독단을 고집하고 그것으로써 스스로의 우위를 주장하는 무의식적 의도를 가진 것이 보통이다. 그리고 이 독단은 집단적 신조를 선언하고 자신이 보기에 옳다고 주장하는 집단적 목표를 위한 작전의 일부가 된다.

정보와 핵심적 진리
—

아그리파의 기억술 비판은 그 자체를 나무라는 일이라기보다는 그것으로 하여 보다 핵심적인 진리들이 감추어지게 되는 것을 개탄한 것이다. 그는 그의 비교(秘敎)주의, 마술 취향, 또 나중에는 유일한 진리의 원전으로서의 기독교 성서에 대한 절대적 신뢰 등으로 알려진 사람이다. 그의 수없는 논쟁과 논쟁적인 글들에도 불구하고, 그의 기본적 입장은 생애의 마지막에 한 말, "학문의 현묘한 것들을 따지면서, 고상해지고 오만해지다가 악마의 손아귀에 걸려드는 것보다는 차라리 백치(白痴)가 되고 일자무식의 사람이 되고 신앙과 자비심을 신뢰하고 신에 가까이 가는 것이 낫다"●는 말이 요약한다고 할 수 있다. 진정한 앎은 비교(秘敎)의 앎이다. 밖으로 드러나지 않는 지혜이다. 그러나 비밀을 혼자 지녔다는 것은 다시 자만심을 북돋는다.

위에 든 단편적 발언에서도 볼 수 있듯이, 아그리파는 당대로서도 가장 논쟁적인 사람이었던 것으로 보인다. 그러나 그의 근본적 관심은 당대의 논쟁을 벗어난 곳에 있었다. 그의 관심은, 이미 말한 바와 같이, 주로 비교(秘敎)적 신비주의(cabala)와 신앙에 있었는데, 그것은 한편으로는 적어도 그의 생각으로는 근본적 문제의 영역에 속하는 것이었고, 다른 한편으로는 마음의 깊이의 문제에 관계되는 것이었다고 할 수 있다. 다시 말하여 그에게 중요한 것은 마음에 깊이 울리는 근본 문제들이었는데, 이러한 관심에 집착하였기에 당시의 정보와 논쟁들을 피상적인 것이었다고 생각하고, 역설적으로 그로 인하여 논쟁에 가담하게 된 것이다.

● "Agrippa von Nettesheim, Henricus Cornelius" 1975, *The Encyclopedia of Philosophy*, New York: Macmillan Co.

정보의 경적

—

　모든 정보, 모든 논쟁적 논의들은 일단은 아그리파와 같은 비판적인 눈으로 보아야 한다고 할 수 있을는지 모른다. 그것은 말하자면 우리의 주변을 채우는 소음(騷音)이고, 우리가 원하는 고요함, 또는 우리가 듣고자 하는 아름다운 음악에는 관계가 없다고 할 수 있다는 말이다. 그렇기는 하나 정보가 소음이라고 무시할 수 있는 것은 아니다. 그것은 주로 부정적인 경고의 역할을 할 수 있기 때문이다. 그것은 경적(警笛)이다. 소음이 일면, 우리는 그 원인을 알아야 한다. 경보가 울린다든지 구급차의 사이렌이 울린다든지 할 때, 그 원인이 밝혀질 때까지 안심할 수 없는 것이 정상적 인간이다. 이때 사람들의 본능적 반응은 자신의 안전에 관계되어 우선적으로 안전 대책을 생각한다. 정화되지 않는 정보는 대체로 부정적 또는 경고적 의미를 가져서, 이것이 습관화됨에 따라 사람들의 삶의 자세는 일반적으로 방어적인 것이 된다. 작은 정보들이 긍정적 의미를 갖는다고 하더라도 그것은 이 부정적이고 방어적인 자세의 일부가 된다.

　잡다한 정보의 처리는, 반드시 의식적으로 그런다는 것은 아니지만, 이런 각도에서, 즉 나의 안전 그리고 조금 더 나아가 나의 이익을 챙기는 일을 표준으로 이루어진다. 어떤 음식을 먹어야 몸에 좋고 어떤 운동을 어떻게 하는 것이 건강 유지에 도움이 된다는 정보 — 맞는 것일 수도 있고 맞지 않는 것일 수도 있는 건강과 복지에 관한 정보가 가장 많이 떠도는 정보인 것은 이러한 사실을 증거해 준다. 생물학적 생존이 가장 기본적인 관심사가 되는 것은 당연하다고 할 것이다. 그러면서 이러한 일상적이면서 일상을 넘어가는 정보는 그것을 먼저 얻은 사람으로부터 다른 사람에게 전달되는 정보가 된다. 그것은 선의에서 나오는 것일 수도 있고, 선의와 더불어 자기 과시의 증표가 되는 것이기도 하다. 세계의 멀고 가까운 곳에서 들어오는 지진, 홍수 등 천재지변의 뉴스가 금방금방 전해지는 것이 오늘날인데, 이것이 큰 뉴스가 되는 것도 아마 생물학적 관심이 환경에 마음을 쓰지 않을 수 없게 하는 때문일 것이다.

　가장 직접적으로 이익에 관계되는 정보는 말할 것도 없이 증권에 투자한 사람에게는 증권시장의 추세일 것이고, 부동산 투자에 관심을 가진 사람 또는 단순히, 요즘의 관례가 그러하듯이, 집도 마련하고 그것을 투자로도 생각하는 사람에게는 부동산 시세가 중요한 정보가 될 것이다. 정치적 '꽌시'(關係)와 인맥관계와 파당적 이익에 따라 움직이는 사람은 물론 정치 증권 시세의 등락이 주요 관심사가 된다. 그리고 다른 경우보다는 삶과 사회에 대한 믿음에 관계되기 때문에 정치 시세의 등락은 천재지변과 관련된 뉴스만큼이나 생존의 환경에 대한 정보를 알려주는 것이라고 할 수 있다. 사람의 생존에서 기초적 자연조건에 못지않게 사회적 조건이 중요한 것이 현대이다. 이러한 정보는 개인적으로도 그러하지만, 집단적으로도 중요하다. 집단과 관련하여 정보는 집단을 위한 전략의 도구가 된다. 정보 담당의 부처가 하는 일이 이 도구를 수집하는 일이다. 이러한 분위기 속에서 모든 정치는, 공론은 전략의 논의가 된다. 명분은 물론 집단의 이익이다. 그것은 공론자의 지위를 높여 준다.

삶의 안정된 질서

—

물론 모든 종류의 정보들 또 그에 관한 의견들이 다 같은 의미를 갖는 것은 아니다. 그것은 단순히 전략적 의미에서만 그런 것은 아니다. 정보─또는 정보화된 사실은 본래적 삶의 균형을 파괴한다.

말할 것도 없이 소음은 경고가 되면서 우리의 심리적 신체적인 안정을 교란한다. 정보는 많은 사실들을 한데 모으는 것이면서 일관성을 결여한다. 그리고 일단의 일관성과 전체적 질서를 가진 우리의 삶을 흩트려 놓는다. 사람들이 무엇보다도 원하는 것은 심리적 안정이다. 소음은 이에 대하여 절대적 방해요소로 작용한다. 우리의 안전에 관계된다고 하여도 소음으로서의 정보들은 근본적인 것에 관계되지 않는 한 우리의 마음을 혼란하게 하고 우리의 일상의 여유를 앗아가도 좋을 만큼 중요하다고 할 수는 없다. 가령 건강에 관련된 정보라고 하여도 모든 정보가 우리에게 도움이 될 수는 없다. 또는 도움이 된다고 하여도 진정한 의미에서 도움이 되는 것인지를 판단하는 데에는 더 깊은 생각을 요한다. 어떤 종류의 신체장애는 지니고 견디는 것이 치유 처방을 찾아 헤매는 일에 따르는 신경과민보다 나은 일인지 모른다. 죽음에 이른 사람이 불필요한 치료를 사절하고 위엄 있는 죽음을 맞이하는 것은 극단적이면서도 수긍할 수도 있는 태도라고 할 것이다.

위에서 말한 것처럼, 사회 조건과 그에 대한 정치적 조정은 무엇보다도 중요한 삶의 조건이 되었다. 그렇다고 모든 정치 문제가 중요한 것은 아니다. 정치에서 일어나는 많은 것은 이해관계의 관점에서 정치 증권의 등락을 나타내는 것으로 볼 수 있다. 정치 상황에서의 큰 진동은 중요한 사건일 수 있지만, 삶의 공간을 교란하는 일에 불과할 수도 있다. 그때그때의 정치 상황에 대한 판단은 역사와 사회의 전체적 흐름이라는 관점에서 판단되어야 할 것이다. 물론 무엇이 이러한 흐름을 이루는가, 어떤 무엇이 불가피한 것이라면 그것을 피할 수 있는 방도가 있는가, 또는 역사의 흐름이 참으로 보다 나은 미래를 약속할 수 있는가, 그것을 위해서는 무엇이 이루어져야 하는가 — 이러한 의문을 제기하고 그에 대한 답을 찾는 일은 아무나 해낼 수 있는 일은 아니다. 그러나 그러한 바른 물음에 답하는 것이 좋은 정보라고 하여도, 그것은 궁극적으로 삶의 유일한 지혜가 전략이라는 편견을 만들어낸다. 그리고 사람과 사물과 세계와 우주를 있는 대로 받아들일 수 있는 감성을 없애버린다. 오늘날 존재에 대한 외경심(畏敬心)은 가장 지니기 어려운 감성의 태도이다.

3 사실과 자연 — 그 인간적 맥락

삶의 테두리/자연
—

어떤 경우에나 가장 중요한 것은 어떤 사건이 전체성의 기준에 비추어 어떻게 판단될 수 있느냐 하는 것일 것이다. 이 전체는 여러 가지일 수가 있다. 결국 사람의 삶을 둘러 있는 조건의 테두리는 여러 폭의 동심원(同心圓)을 이루고 있다고 할 수 있기 때문이다. 이 동심원들은 서로 연결되어 있고 상호작용 속에 있으면서도, 사람에 따라 다른 의미를 갖는 것일 수 있다. 중심에는 말할 것도 없이 개인의 실존이 있다. 개인의 실존이 무엇인가? 그것의 바른 지향은 어떤 것인가? 세상의 중심으로서 개체를 생각할 때 이러한 문제가 있을 수 있다. 그리고 심각하게 삶의 문제를 생각한다면, 이러한 문제에 대한 반성을 피할 수는 없다. 그러나 우리의 눈은 우리 자신의 삶을 생각하기 전에 그 삶을 에워싸고 있는 세상을 향한다. 이 세상은 언제나 우리 주변에 있다. 그것은 그것대로 여러 층위를 이루고 있어서 가족과 친척, 친지, 인맥, 마을 사람 등 개인적 의미를 가진 사람들의 여러 층이 나선형의 고리를 구성한다. 이러한 동심원 또는 고리의 너머에 넓은 의미에서의 삶이 있다. 그 너머에 사회가 있고 세계 또는 인류가 있고 생물학적 또는 자연 조건이 있다. 물론 그 너머에는 우주 전체가 있다. 이 우주는 주로 지적 호기심의 대상이 되지만, 그에 관한 지적 정보는 실용적 의미도 갖는다. 오늘날 인간의 큰 걱정거리의 하나인 기후변화의 문제는 인간이 책임져야 할 일이기도 하지만, 가장 길게 볼 때에는 여러 별들 사이의 인력의 장에서 지구의 축이 뒤틀리는 일에 관계된다는 설도 있다.

다시 말하여, 위의 인간의 삶의 테두리들은 따로따로 존재하면서 서로 삼투(滲透)되어 하나로 존재한다. 그리고 그것은 인간의 가장 일상적인 경험세계의 바탕 조직이 되어 있다. 첫머리에서 우리는 등산길에서 보게 되는 야생화를 말하였다. 그것은 그 나름으로 존재한다. 다른 자연물도 그러하다. 그러면서 산천과 산천의 동식물은 우리에게 가장 가까이 있는 자연환경의 중요한 구성요소이다.

문득 그윽한 골짜기를 찾고
다시 험준한 언덕을 넘으면,

나무 무성하여 꽃피려 하고

졸졸 샘물의 흐름 여기 처음 시작하고

만물이 때 얻음을 찬양하며,

내 삶의 가고 쉼을 깨닫노라.

既窈窕以尋壑 亦崎嶇而經丘 木欣欣以向榮

泉涓涓而始流 善萬物之得時 感吾生之行休

이 시는 꽃이 피려는 나무를 보고 그 환경을 두루 이야기한다. 깊은 산에 들어가니 나무가 꽃을 피려 하고, 산골 물이 흐르기 시작한 것을 볼 수 있는데, 그것은 만물이 일정한 시간의 리듬에 따라 성쇠(盛衰)한다는 사실을 느끼게 하고, 동시에 보는 사람의 삶도 그러한 시종(始終)을 가지고 있음을 자각하게 한다.

위에 인용한 것은 도연명(陶淵明)의 〈귀거래사〉(歸去來辭)의 뒷부분에 나오는 것으로서, 〈귀거래사〉는 관직을 버리고 자신의 고향에 돌아온 자신의 행각을 서술한 것이다. 귀향은 관직보다는 전원의 삶을 택한 것인데, 그것은 고향의 전원이 그의 마음에 드는 것이기 때문이기도 하지만, 그것이 삶의 근본적 모습에 더 가까이 사는 것이기 때문이다. 마음이 그렇게 움직이는 것 자체가 전원의 삶 또는 자연 속의 삶이 더 사람의 삶의 참 모습에 근접한 것이라는 것을 말한다. 도연명은 그의 결정의 이유를 이렇게 설명한다.

사람은 얼마나 오랫동안 육신에 들어 사는 것인가?

가고 오고 머무는 일을 어찌하여 마음의 자연스러운 움직임에 맡기지 않을 것인가?

寓形宇內復幾時曷不委心任去留

주체적 존재로서의 인간

—

사회와 자연은, 적어도 평상적 관점에서, 인간의 삶의 가장 근본적인 두 개의 테두리이다. 사회는 물론 개인적 관계의 전체를 말하기도 하고 동네와 같은 작은 공동체를 말하기도 하지만, 조금 더 추상화된 관점에서 정치의 세계를 말한다. 정치는 삶에 질서를 주는 방법이기도 하지만, 도연명의 경우도 그러하지만, 특히 근대적 사회에서는 부귀를 얻는 길이기도 하고 인정과 지위를 얻는 공간이기도 하다. 그러나 자연은 인간의 보다 근본적인 바탕이고, 사실에 있어서는 개인적 삶에 보다 직접적으로 이어져 있다. 자연의 삶으로 돌아가는 것은, 도연명의 경우에 볼 수 있듯이, 쉽게 열려 있는 원점 복귀였다. 물론 이것은 가장 직접적인 의미에서 자연 속의 생활이 가능했기 때문이다. 산업사회에서 이것은 쉽지 않은 일이 되었다. 그리하여 그 안에서의 나의 삶이 어떤 것이어야 하는가 하는 문제는 간단히 귀거래(歸去來)로 해결되지 않는다. 이것은 단순히 산업사회가 자연의 삶에 대조된다는 뜻에서만은 아니다.

오늘날 산골로 돌아간다고 하더라도 그것은 산을 돌보고 밭을 일구는 일이 쉽게 되지 않는다. 산은 목재나 다른 자원의 개발의 대상이 될 수가 있고 밭은 주거단지 개발의 대상이 될 수도 있다. 그리고 산천으로 돌아간다고 하여 그것이 보다 큰 사회나 정치에서 쉽게 분리될 수 있는 것은 아니다. 거기에서도 사회조직이나 인간관계의 질서가 있게 마련이다. 그것에서 완전히 분리되는 삶은 거의 불가능하다. 명상의 세계에 들어가는 은자(隱者)들까지도, 어느 사회에서나 그것을 사회의 일부로 받아들이는 지원이 있어서, 은자의 삶을 유지할 수 있다. 그러니 삶의 사회화가 극단에 이른 오늘에 있어서 진정으로 사회에서 유리된 삶이 가능하겠는가?

이 모든 것을 결정하는 원리는 무엇인가? 간단히 생각하여, 모든 삶의 결정에서 기본이 되는 것은 생존의 원리고 또 생존의 생물학적, 환경적 조건이다. 그것은 다시 보다 복잡한 관점에서의 물리적 조건, 그러니까 유전자, 분자, 원자 그리고 다른 한편으로 전 우주적 환경 조건까지도 포함될 수 있다. 그러나 인간의 삶의 조건은, 그것이 무엇이 되었든지 간에, 반드시 일방적으로 강요되는 것은 아니다. 도연명의 경우에도 그의 결정에 관직의 삶에 대하여 전원의 삶을 택하는 선택의 원리 ― 자유로운 선택의 원리가 작용하는 것을 볼 수 있다. 얼핏 생각하기에는 어리석어 보이는 카뮈의 말, "인생에서 유일하게 심각한 문제는 자살하느냐 아니하느냐 하는 것이다"라는 말은 그 나름으로 삶의 모든 선택이 개인의 절대적인 자유 의지에 달려 있다는 것을 극적으로 표현한 것이다.

산길에서 마주치는 들꽃은 그냥 지나치는 것이면서도 그 아름다움으로 마음을 행복하게 하지만, 사람을 그냥 지나치는 것은 어찌하여 기쁘기만 한 일로 간주할 수 없는 것인가? 간단하게 답하여 그것은 인간이 주체적 존재이기 때문이다. 지나가는 사람은 그의 삶이 있고 나는 나의 삶이 있으며, 그것을 떠나서는 그도 나도 의미가 없다. 그것의 근본은 사람이 의식을 가지고 있으면서 스스로 선택하고 선택한 행동의 결과를 추구하고 기억하는 존재라는 말이다. 우리의 사람에 대한 의식에는 늘 이 사실이 그 바탕에 들어 있다. 그러나 사람이 선택의 주체라고 할 때, 주체로서의 사람은 무엇을 어떻게 선택하는가? 선택의 기준은 무엇인가? 여기에는 일단 위에 말한 외적인 조건들에 대한 고려가 관계된다고 하겠지만, 내적인 요인도 생각하지 아니할 수 없다. 결국 외적인 조건을 평가하는 것도 내면적인 고려의 결과이다. 특히 이것은 인생의 심각한 문제를 대상적으로 평가하는 경우 그렇다. 그때 외면과 내면의 대조 또는 분리는 결정적 요인으로 작용한다.

4   사실과 체험

내외의 분리와 단절은 인간 의식의 조건이다. 위에서 기억의 이야기를 했지만, 기억은 외적 사실로서 기억하는 것이 있고 내면화된 경험으로 기억하는 것이 있다. 또 사실이 있고 체험으로서의 사실이 있다. 우리가 이력서에 기록하는 것은 사실이고, 단순한 물질적 사건을 말하는 것은 아니다. 그러나 그것은 사회적으로 중요시되는 사실이고 반드시 우리의 체험으로서 중요한 사실은 아닐 수 있다. 이러한 분리 또는 단절은 거의 피할 수 없는 것으로 보인다.

교리문답과 사실의 체험화

―

이 분리는 인간의 사실에 대한 이해방식에도 큰 차이를 가져온다. 이 차이는 가령 다음의 기독교 신앙에 대한 대조적인 태도 같은 데에서 흥미롭게 또 깊은 함축을 가지고 드러난다고 할 수 있다. 이블린 워(Evelyn Waugh)의 소설, 《다시 찾은 브라이즈헤드》(*Brideshead Revisited*)에는 한 여성과 결혼하고자 하는 사람이 사랑하는 사람의 결혼 승낙조건으로 가톨릭이 되어야 한다는 요구에 따라 가톨릭 교리를 교습받는 장면이 있다. 가르치는 사람이 어떤 이야기를 해도 그는 알아들었다고 한다. 그는 무엇을 뜻하는지는 상관하지 않고 수긍하고 기억하고 되풀이하면 되는 것으로 안다. 워는 이러한 이야기로써 깊은 뜻을 생각하지 않는 배움을 진정한 신앙의 기준으로 삼는 일을 풍자(諷刺)한 것인데, 오늘의 우리 삶의 도처에서 큰 관문이 되는 시험에 제시되는 많은 사항들은 같은 관점에서 기억되고 이야기되는 사실들 또는 명제들이다. 그것을 외우는 것과 그 깊은 의미를 깨닫는 것은 대체로는 별개의 문제이다.

기독교의 의식화(儀式化)된 서사에 "십자가의 자리"(Stations of the Cross) 또는 "십자가의 길"(Via Crucis), "슬픔의 길"(Via Dolorosa)이라는 것이 있다. 그것은 예수가 십자가를 메고 가던 수난의 길을 구체적 이미지의 연쇄로서 재현하려는 것이다. 이야기는 일곱 또는 열넷 또는 스무 단계로 나뉘어 펼쳐진다. 그것들은 모두 실감나게 하는 장면들이다. 멈추어 서는 곳은 예수가 처형 선고를 받는 장면, 십자가를 메고 가다가 쓰러지는 장면, 안타까운 마음의 다른 사람들의 도움을 받는 장면들이 포함된다. 이러한 장면들은 원래 예루살렘 순례에 나선 사람들이 예수 수난의 길을 순례하던 것에서 시작하여 하나의 풍습이 되고 교회에 설치하는 작은 기념물이 되고, 조각이 되고, 다시 교회의 채색 창의 그림들이 되었다.

이에 비슷하게 마리아의 고통을 그린 〈스타바트 마테르〉(*Stabat Mater*)라는 성가도 사건의 흐름을 이미지 또는 멈추어 서는 장면으로 변화시킨 음악으로 작곡한 것이다. 제목의 뜻은 '어머니가 멈추어 섰었다'라는 것이다. 앞의 station나 stabat는 다 같이 '멈추어 선다'는 뜻을 가진 라틴어에서 나온 것이다. "비탄의 어머니는 아들이 달려 있는 십자가 곁에서 눈물 속에 멈추어 섰다"(Stabat mater dolorosa/ Juxta Crucem lacrimosa/Dum pendebat Filius…)로 시작하는 성가는 다시 어머니의 심장을 [아들의 심장을 꿰뚫는] 창이 뚫었다고 말하고, 그것을 명상하는 나로 하여금 그 아픔들을 함께 느끼게 하고 그리스도를 사랑할 수 있게 하여 달라는 바람으로 끝난다.

체험의 재현/감정과 예술형식
——

이것은 단순히 거명되는 사실과 그것의 내적 체험이 어떻게 다른 것인가를 예시하여 준다고 할 수 있다. 이에 더하여 하나 주의할 것은 성가 〈스타바트 마테르〉가 기독교의 틀 밖에서도 유명한 것은 성가 자체로가 아니라 거기에 붙게 된 페르골레시, 비발디나 하이든과 같은 작곡가의 음악으로 인한 것이라는 사실이다. 이것은 여러 가지 함축을 갖는다. 음악은 그것이 불러일으키는 감정 — 매우 특이한 감정이 없이는 존재할 수 없는 예술이다. 음악이 된 성격의 사건은 그리스도의 수난이나 성모 마리아의 고통이 단순한 사실이 아니라 감정적 요소를 포함한다는 것, 그리고 이 감정적 요소가 그것을 돌이켜 보는 데에서도 체험적 구체성을 더한다는 것을 생각하게 한다. 흔히 하듯이 고통의 계기에 울고불고 하는 것은 이러한 감정을 되살리려는 생각에서 발전해 나온 관습이라고 할 수 있다. 이것을 조금 더 형식화한 것이 곡(哭)이다.

또 생각할 것은 문제의 체험이 체험이 아니라 체험의 기억이라는 것이다. 기억되는 체험은, 자기 자신의 체험인 경우에도 그러하지만, 타인의 체험을 내면화하려는 것일 때는 더욱 실제의 체험으로부터 일정한 거리를 가지고 있는 체험이다. 이에 더하여 그것이 음악이나 미술로 재현될 때, 이 거리는 더욱 멀어지는 것이 된다. 그러면서 예술은 이 체험을 뜻이 깊은 진실로 지양한다. 그것을 가능하게 하는 것은 예술의 형식성이다. 형식은 사물의 구체성을 정리한다. 그러나 그것이 반드시 체험의 구체성을 사상(捨象)하는 것은 아니다. 음악에서 체험의 감각적 성격은 청각으로 단순화되고 번역되어 남는다. 중요한 것은 체험을 모방하면서 다시 그것에 의미를 부여한다는 점이다. 의미는 의미가 비어 있는 형식에 의하여 고양(高揚)된다.

형식과 실존
—

되풀이하여 말하건대, 형식은 지나간 사건을 한번에 되돌아보고 살펴볼 수 있게 한다. 이 조감(鳥瞰)이 조감에 그치지 않고 알 만한 것이 되는 것은 형식적 짜임새가 있기 때문이다. 이 형식은 복합적 의미를 갖는다. 흔히 이야기되듯이 음악은 시간의 예술이다. 그러나 형식은 근본적으로 공간에서 감지될 수 있는 것이다. 그리하여 음악의 형식은 시간을 공간화하는 일을 한다고 할 수 있다. 또는 그것들을 합친 시공간의 형식이 되어 사람으로 하여금 의미를 느끼게 한다고 할 수 있다. 즉, 음악은 사건을 시간적 존재로서의 인간의 체험의 전체성 속에 편입한다. 이런 점에서 형식은 인간 실존에 내재하는 모순을 순치(馴致)하는 방편이다.

그러나 형식은 또 다른 차원의 의미를 가지고 있다. 형식은 그 균제(均齊)의 미(美)를 통하여 체험을 더 높은 차원으로 끌어 올린다. 그것은 형식만의 세계, 이데아의 세계를 연상하게 한다. 그렇게 하여 이것을 앞에서의 기독교의 그리스도 수난과 관계하여 생각하면, 수난의 사건을 섭리(攝理)의 일부로서, 또 이것을 일반화하면 우주적 질서(調和) 또는 조화(造化)로서 찬미할 수 있게 한다.

5 사실과 공동체 — 벤야민의 견해

사실과 체험/공적 공간과 내면 공간
—

예술의 형식화를 통한 기억과 체험의 변용은 더 깊은 검토를 요하는 문제이다. 그것이 체험의 사실을 공적 차원으로 전이(轉移)한다는 것은 틀림이 없다. 이 공적 차원은 여러 가지로 생각할 수 있다. 위에서 생각해 본 이데아의 세계라든지 우주적 조화와 같은 것들은 그 가장 높은 차원들이다. 이것은 다시 조금 하위로 내려와 생각하건대, 사회적 차원이 거기에 존재한다고 할 수 있다. 그리고 오늘의 세계의 편향으로 볼 때, 이것은 무엇보다도 우선하는 차원이 될 것이다. 그런데 참으로 그러한가?

위에서 말한 것의 하나는 세계의 사실이나 사건을 수용하는 근본적 지향에 서로 다른 것들이 있고, 그 근본적 차이가 외면적 사실과 내면적 체험의 차이로 특징지을 수 있다는 것이었다. 그리고 이 차이에서 사실과 체험의 차이는 공적인 것과 사적인 것의 차이로 설명될 것으로 말할 수 있다. 물론 사실은 나의 개인적 기억 또는 정신작용의 소산일 수도 있다. 그러나 체험이 나의 또는 인간의 내면에 깊이 관계되어 있는 것은 틀림이 없다. 그러한 점에서 사실은 공적 세계의 소산이라는 것도 틀린 말은 아니다. 그러나 어떤 견해로는 사실과 체험의 분리가 일어나는 것은 인간의 사회적 삶의 퇴화에 관계된다고 한다. 그것은 일단 수긍할 수 있는 견해이다. 그러나 다른 한편으로 체험이 완전히 내면의 주관적 삶에 속한다는 것은 다시 검토해보아야 할 명제라는 생각이 든다. 내면은 다시 더 깊은 공적 공간에 이르는 길일 수도 있지 않은가 하는 것이다.

기억과 추억

화제를 조금 바꾸어, 위에 언급한 중세 유럽의 기억술의 중요한 부분은 단순히 말하자면, 시험에 대비하듯이 사실들의 기억을 머리에 새겨 넣는 기술만을 말하는 것이 아니라는 것이었다. 그것은 단순한 의미의 사실적 기억 이상의 것에 대한 생각을 포함한다. 위에 언급한 기억술의 논쟁은 중국사학자 조너선 스펜스가 마테오 리치의 기억술을 말하는 데에서 따온 것이지만, 스펜스는 이 점을 의식하고 있는 것으로 보이지는 않는다. 또는 그의 저서가 중세 유럽에서의 기억술을 본격적으로 다루는 것은 아니었기 때문에 그럴 필요가 없다고 느꼈는지도 모른다.

　다시 기억의 종류를 잠깐 생각해 본다면, 그것은 인간의 삶 전체에 걸쳐 존재하는 깊은 균열의 문제를 엿보게 한다. 이력서의 사실과 나의 삶의 내용으로서의 기억의 차이가 이런 차이를 말한다는 것은 위에서 지적한 바와 같다. 연대기적 사실의 나열과 문학적 서사—특히 소설로서 말하여지는 이야기의 차이도 이에 비슷하다고 할 수 있다. 프루스트의 소설에서 이야기되는 구체적 체험—사물과 인물과 사건의 구체적 체험이 이러한 소설적 이야기의 가장 두드러진 예라고 할 수 있다. 프루스트의 소설의 제목은 *A la recherche du temps perdu*인데, 영어 번역은 대체로 *Remembrance of Things Past*이다. 여기에서 remembrance는, memory라는 기억으로 끌어낼 수 있는 비교적 건조한 과거의 사실에 비하여, 방금 말한 구체적 체험으로서 되살려지는 추억이나 회상을 말한다. 이 추억은 대체로는 쉽게 되돌릴 수 없기 때문에 프루스트는 이것을, 쉽게 기억해 낼 수 있는 '수의(隨意)기억'(memoire volontaire)에 대하여, '불수의 기억'(memoire involontaire)이라고 불렀다. 그것은 어렵사리 되찾아질 수 있을 뿐이다(여기의 추억도 반드시 사실에 충실한 것이 아니라 예술적으로 변형된 것이라는 것은, 〈스타바트 마테르〉가 그러하듯이, 또 하나의 차이가 된다).

공동체의 의례/뉴스의 세계

—

하여튼 이 외면적 사실과 내면적 체험, 추상과 구체, 의지와 비의지, 공적 자료와 사생활, 정보와 체험의 균열은 어떻게 하여 일어나는가? 이미 시사하였듯이, 그것은 시대적 산물이라는 답이 있다. 발터 벤야민은 보들레르를 논하는 글에서 이 균열을 설명하여, 그것이 불가피한 사물의 본질로 인한 것이 아니라 시대적 사정으로 인한 것이라고 말한 바 있다. 프루스트적 체험 또는 더 일반적으로 개인적 이야기가 나타나는 것은 사람이 자신의 세계의 여러 사실들을 내면으로 흡수하지 못할 때이다. 그리하여 체험의 내용이 될 자료들이 '정보'가 되는 것이다. 신문은 정보시대의 한 증상이다. 신문은 사실을 정보화하고 그것을 조장하는 역할을 한다. 신문의 본질은 바로 사람이 접하게 되는 사건들을 체험의 세계로부터 격리시킨다는 데에 있다(이러한 벤야민의 생각에 덧붙여 정보는, 위에서 이미 비친 바와 같이, 무반성적 자기방어 반응을 불러일으킨다. 또는 역으로 개인적 이해관계의 방어가 사실을 정보화한다). "뉴스는 새로워야 하고 간략하고 읽기 쉬워야 하고, 무엇보다도 여러 뉴스 항목들 간에 연속성을 가질 필요가 없다—이러한 대중매체의 정보 원칙들", 그리고 신문 페이지의 구성이나 스타일 등이 사실의 체험으로부터의 소외를 조장한다. 이에 대하여, 벤야민의 생각에 따르면, 사회적 기구로서의 서사나 공동체의 제례(祭禮)와 의식(儀式)은 사람의 개인적 체험과 공동체의 기억을 하나로 합침으로써 기억의 두 측면을 하나가 되게 하였었다. 이러한 집단적 서사의 양식의 소멸과 함께 개체의 기억도 둘로 쪼개어지게 된 것이다.●

내면과 외면의 근원적 분리

———

벤야민의 설명은 지금 말한 균열의 진실을 어느 정도 설명한다고 할 수 있지만, 완전히 설명한다고 할 수는 없다. 그의 설명은 한편으로는 전근대적 공동체에 대한 낭만적 동경과 다른 한편으로는 마르크스주의자로서의 산업사회에 대한 비판의식의 소산으로서, 문제의 현상을 너무 간단하게 보는 것이지 않나 한다. 공동체의 관점의 확실성이 인간적 진실의 확실성을 보장할 수는 없다. 그것은 낭만적인 그리움의 대상이 되고 추구하여야 할 이상이 될 수는 있지만, 적어도 그것에 모든 것을 맡길 수는 없는 일이다.[**]

어떤 사회에서나 자아와 자아의 세계, 그 거리로 하여 불가피하게 되는 내적 관점이 외적 관점에 완전히 일치할 수는 없다. 그것이 참으로 일치할 수 있는 것이라면, 제일 간단히 말하여, 원시사회로부터 봉건사회에 이르는 과정에서 살인, 잔인한 도살행위나 형벌 등이 일어날 수가 없었을 것이다. 가령, 고대 중국의 발뒤꿈치를 도려내거나 뜨거운

———

[•] 벤야민 비평집 영역(Walter Benjamin, "On Some Motifs in Baudelaire" *Illuminations*, trans. by Harry Zohn, 1969, New York: Schocken Books, 178~179).

[••] 이와 관련하여 — 간접적 관련이기는 하지만 —, 떠올리게 되는 것은 우리 사회에서 끊임이 없는 역사논쟁이다. 이 논쟁은 상당부분 역사에 하나의 진실이 있다는 전제하에서 일어난다. 그리하여 과거의 사실을 보는 데에는 여러 관점이 있고 관점의 차이에 따라서는 사실들이 다른 연쇄 속에 들어갈 수 있다는 것이 간과된다. 전근대사회에서 공유하는 역사의 신화는 공동체를 유지하는 데에 중요한 역할을 하였다고 할 수 있다. 전부가 그런 것은 아니지만, 역사 논쟁이 드러내주는 것은, 좋게 말하여, 우리 사회가 아직도 보다 사실적인 근대적 합리성을 확립하지 못하였다는 것을 말하는 것이 아닌가 한다. 그렇다고 근대적 합리성이 모든 문제에 대한 답이라는 말은 아니다. 그러나 공동체의 신화에 지나치게 의존하는 데에 따른 더 큰 문제는 그것이 인간적 고통의 많은 것을 보지 않게 한다는 것이다.

물에 담가 죽이는 형벌, 또는 서양의 중세에 사형수의 심장을 도려내는 형벌 같은 것이 쉽게 존재할 수 없었을 것이다. 공동체가 모든 문제를 해결할 수 있는 것이라면, 위에서 말한 바와 같이, 서양의 중세에서 르네상스에 이르는 동안 체험을 되살리는 명상의 절차로서의 기억술은 필요한 것이 아니었을 것이다.

또 하나 주목할 수 있는 것은 되살려진 체험도 그것이 외면화될 때 너무 쉽게 다시 체험적 내용의 절실성을 상실하게 된다는 사실이다. 기독교에서 십자가의 길의 정지점은 쉽게 허식처럼 공허한 것이 된다. 위에서 언급한 에블린 워의 소설의 등장인물에게 가톨릭의 교리문답은 간단히 학습할 수 있는 자료이다. 그뿐만 아니라 또 기독교에서만이 아니라, 종교의 깊은 진리가 간단한 동의와 암기의 대상이 되는 것은 너무나 쉽게 일어나는 일이다. 또 마르크스주의를 비롯하여 많은 이데올로기는 교리문답의 공식이 되어버린다. 이것은 평상적 삶의 서사를 다루는 소설의 경우도 마찬가지이다. 고전적 성취로서의 소설과 삶을 통속적 이야기로 재연(再演)하려는 실화(實話)의 차이도 이러한 퇴화의 용이함을 증거한다(우리 사회에서 유행하는 이른바 스토리텔링도 삶의 상투화 통속화 현상의 한 표현이다).

6 삶의 사실화

언어와 진실의 현현
—

체험적 진실 그리고 그것을 통하여 되찾아지는 사실의 전체적 맥락은 늘 새로운 표현으로 재생되어야 한다. 보다 일반적으로 말하여 사실은 언어 또는 일정한 형식으로 담아질 수 있는 것이 아니라 말하여질 수도 없는 어떤 것이다. 그러면서 말하여질 수 없는 것이 새로운 언어 표현에 담겨져야 한다. 이때 말은 그것이 말하여질 수 없는 것으로부터 나타나오는 것이라는 것을 암시할 수 있어야 한다. 이러한 현현(顯現)을 느낄 수 있게 하는 것이 최선의 시적 표현이지만, 진실된 언어에는 언제나 언어를 넘어가는 진실이 스며있다고 할 수 있다.

삶의 사회적 사실화
—

그렇다고 체험적 언어 또는 체험적 진실의 재생이 어떤 경우에서나 사실적 진술에 우선할 수는 없다. 동사무소에 보관된 인사관계 자료를 자서전으로 대체할 수는 없는 일이다. 사회조직은 인간의 주체적 현실을 단순화한다. 사실화는 불가피하고 또 필요한 일이다. 이러한 전이(轉移)는 개인으로도 필요한 일이고 또 일상적으로 일어나는 일이다. 사실화를 통하여 사회적 관계는 개인에게도 관리 가능한 것이 된다. 이것은 비개성적 사회기구와의 관계에서 특히 필요한 것이지만, 극히 개체적 관계에서도 일어나는 일이다. 어떤 사회에서는 관직 등 사회적 직위가 사람을 알아보는 데 중요한 열쇠가 된다. 그러한 꼬리표가 없이는 사람으로 인정되지 않는 것도 흔히 볼 수 있는 일이다. 사회적 위계를 나타내는 증표는 인간적 소외가 심한 사회일수록 중요하다. 벼슬이 없이는, 또 오늘날에는 대중적 차원에서의 지명도가 없이는, 사람으로 인정이 되지 않는다. 이러한 점들은 인간적 현실을 왜곡한다. 이러한 왜곡은 어느 다른 사회에서보다 우리 사회에서 두드러진다.

그러나 보다 진정한 세계 구성에서도 추상화된 사회조직이 아니라 개체적 관계 — 말하자면 인간의 복잡성을 받아들이는 관계가 허용된다고 하여도 — 모든 것이 개체적 주체의 관점에서만 접근될 수는 없다. 사람이 가진 이름 자체가 사람을 사실화한다. 그것은 사회적 효용을 위해서 개체라는 복잡한 실상을 단순화한 것이다. 사람이라는 단순한 사실에 기초하여 사람을 존경으로 대하여야 한다는 것은 민주적 정치체제 또는 인간적 사회체제의 기본이다. 또는 사람이 어떻게 부모나 자식, 남편이나 아내, 또는 친구의 내적 세계를 완전히 알 수가 있겠는가? 알지 못하는 것이 비인간적 결과를 낳을 수도 있지만, 완전히 알 수 있다고 하는 것도 불행의 원인이 될 수 있다.

개체적 삶의 사실화
—

자기 자신은 바르게 알 수 있다고 할 것인가? 자신의 경우에도 자신의 삶을 프루스트처럼 체험으로 재구성하려면, 일상적인 삶의 영위는 큰 어려움에 부딪치게 될 것이다. 삶을 사는 것은 삶을 일정한 모양으로 조직함으로써 가능해진다. 이것은 삶의 사실화를 요구한다. 하루를 살기 위해서는 하루의 일정(日程)을 가져야 한다. 일정은 삶의 복합적 현존을 단순화한다. 일정에서 제일 중요한 것은 생명을 유지하기 위한 작업을 수행하는 것이다. 밥 먹고 일 하고 잠 자는 것은 그러한 일정을 말한다. 그러한 과정은 저절로 자신의 주변과 내면의 단순화를 요구한다. 여기에서 기준이 되는 것은 그에 필요한 일들의 사실적 요건들이다. 일의 수행은 일의 대상의 성격에 복종함으로서 가능해진다. 그것은 객관적 원리―사물의 물리적 법칙이든 작업의 협동에 필요한 사회적 기율(紀律)이든 객관적 원리에 따라서 행동할 것을 요구하는 것이다. 이때 자신의 체험적 내용은 간과(看過)되는 수밖에 없다. 다른 사람의 관점과 주체적 체험의 내용도 무시된다. 물론 이러한 관점에서 살아가야 하는 삶은 자기 소외와 인간적 소외의 삶이라고 할 수 있다.

여기에서 다시 필요해지는 것은 외면의 세계를 다시 자신의 일부로서 내면화하는 일이다. 이 내면화에 대한 인정과 그를 위한 노력은 다시 작업의 과정에 흡수되고 그것의 조직화에 변화를 가져올 수 있다. 이러한 과정이, 즉 노동에서의 주체와 객체가 작용과 반작용 속에서 충돌하면서 나아가는 과정이 어떻게 개체의 주체적 의식과 자아의 발전 과정 그리고 사회 전체에서 알아볼 만한 역사과정을 이루는가를 설명한 것이 헤겔의 변증법이다. 이것은 우리가 일상적 체험에서 관찰할 수 있는 일이기도 하다.

과학의 세계/사회조직

—

이에 비슷하게 사람이 살고 있는 세계를 과학적으로 이해하고 설명하는 일도 우리의 체험의 사실적 단순화를 요구한다. 과학의 세계는 완전히 사실의 세계이다. 여기에서 사실과 사실을 연결하는 것은 논리이고 인과법칙이다. 출발점은 수행되어야 할 일—삶의 기술적 필요라고 할 수 있다. 일을 수행함에 있어 결정적인 것은 물질세계의 인과법칙을 따르고, 물질세계 각 부분을 그에 따라서 하나의 연속과정으로 구성하는 일이다. 그러니까 개체적 체험을 최소화하고 필수적인 것은 물질세계의 인과법칙에 순응하는 것이다(그러나 법칙의 구성, 그에 대한 순응의 현장은 개인이다).

이러한 법칙적 관계 또는 법과 규범의 관계는 사회적 삶에서도 필요하다. 실용적 의미를 가진 일을 해내는 데에는 사회적 협동 또는 조직이 필요하다. 거기에도 인과법칙과 논리가 작용한다. 물론 모든 사회조직이 실용적 의미에서의 과학적 법칙에 따르는 것은 아니다. 그러나 대체로 일정한 질서를 가져야 하는 것은 틀림이 없다. 구조주의 인류학이 밝히려는 것은 이러한 질서의 독자적 존재이다. 그러나 근대화는—엄격한 의미에서 그러한 것은 아니지만—사회조직 자체의 과학화를 요구한다. 사회조직은 조금 더 인과율과 논리를 따르는 것일 수 있고, 그렇지 않은 것일 수 있으나 물질세계와의 관계가 복잡하고 넓어짐에 따라, 또 그에 병행하여 사회조직의 규모가 커짐에 따라, 사실과 논리의 중요성은 커지게 마련이다. 이것은 불가피하게 삶의 체험의 사실화를 요구한다.

7 사적 영역의 등장과 그 극복

사회와 개인

—

그 한 결과는 물질과 사회가 보다 더 인격적 존재로서의 인간―즉 주체적 체험의 인간으로부터 유리되어 있는 것이 된다는 것이다. 그리하여 최선의 경우에도 세계는 사회적 영역과 개체적 영역으로 쪼개어진다(최선의 경우라는 것은, 다음에 설명하듯이, 인간의 체험과 내면의 삶이 전적으로 사회화되어 개체가 그에 완전히 흡수되어 버리는 경우도 있기 때문이다. 그 경우 삶은 사회적으로 조직되는 1차원의 것이 된다. 최선의 경우란 그러한 극단을 피하여 최대한으로 인간의 개체로서의 필요를 참조한 사회체제를 두고 하는 말이다).

그 결과 인간의 사회적 소외감 그리고 더 나아가 세계로부터의 소외감은 커질 수밖에 없다. 그러면서 영역을 넘어 체험으로서의 세계의 회복이 절실한 요구가 된다.

사적 영역/개체의 위엄

—

그러나 공사(公私)영역의 양분화가 반드시 부정적 의미만을 갖는 것은 아니다. 거기에서 사적 영역이 대두한다. 그리고 분리된 영역 사이의 새로운 변증법이 시작된다. 사적 영역은 인간의 세계의 사실적 조직화의 부산물이고 그러니만큼 부정적 의미를 갖는다. 역설은 그것이 새로운 요청이 되기도 한다는 것이다. 개인적 삶이 독자적 위엄을 갖는다는 사실에 대한 사회적 인정은 그러한 요청의 한 표현이다. 이것은 공적 영역의 구성에서 새로운 요인이 된다. 민주주의는 이러한 사적 영역의 대두에 대한 사회적 정치적 응답이라고 할 수 있다. 그러나 그것이 무조건적인 사적 존재들의 집합을 말하는 것이라고 할 수는 없다. 사적 이익과 권리 또는 권익을 추구하는 사인(私人)들의 집합이 참으로 인간적 공동체를 이룰 수는 없을 것이기 때문이다. 그러한 사인들에게 외부로부터의 제한을 어떻게 부과할 수 있는가 하는 것은 민주적 정치체제에서 해결하기 어려운 과제가 된다.

개체의 고독/내면의 심화

—

이상적으로는 일단 집단의 일체성과 개체적 독립, 이 두 모순된 요청을 하나로 할 수 있는 인간 이념이 있다고 생각해 볼 수 있다. 개체적 인간은 주어진 그대로의 인간을 말한다고 할 수 있다. 그러면서도 그렇다고 인정하는 것 그리고 그것이 존중되어야 한다는 것 자체는 이미 사실성을 넘어 가치로 나아가는 일이다. 그 가치에 대한 인정이 없이는 사실을 인정하고 그것에 자리를 내주는 것이 가능하지 않을 것이다. 아무 값이 없는 것에 자리를 내줄 이유가 있는가? 흔히 쓰는 말로 개인적 삶은 그 나름의 위엄(威嚴)을 갖는다. 이러한 테제는 개체로서의 인간을 그 나름으로 가치를 갖는 존재이고, 그 가치는 다시 보다 큰 가치의 가능성을 갖는 것으로 설정한다. 그런데 개인의 위엄은 어디에 있는가? 그것은 밖에서 알아볼 수 있는 사물의 속성이 아니다. 위엄의 가치는 상당히 내면적인 성격의 것이라고 할 수밖에 없다. 그러기 때문에 내면은 인간 존재의 새로운 차원이 되어 새로 탐색되고 구성되어야 할 대상이 된다.

개체와 보편성/자유의 공동체

이것은 물론 개체적 존재로서의 자족성과 동시에 고독을 심화(深化)한다. 그러나 이 심화가 바로 가능성을 연다. 심화는 주어진 한계를 벗어나는 인간성의 완성을 예상하게 하고, 궁극적으로 그것은 존재와 실존의 신비를 깨닫게 하는 과정이 될 수 있다. 이 과정을 통하여 개체적 인간은 다시 사회와 세계로 회귀한다. 개체적 내면성의 심화는 의식을 모든 인간과 사물을 포용할 수 있는 보편성으로 확대하는 것을 포함하기 때문이다. 인간은 어떤 경우에나 사회적 존재이고 세계 내의 존재라는 조건을 벗어날 수 없다. 그러나 이것은 개체가 그 심화과정에서 이르게 되는 하나의 정착점이기도 하다. 여기에 필요한, 개체의 완성으로서의 보편성은 개인의 탄생 이전의 전체성과 같은 것은 아니다. 공동체는 자유를 넘어가는 사회적 의무에 순응할 것을 요구한다. 그러나 이 공동체의 전체성은 강제력이 아니라 자유에 기초한다. 그것이 구성하는 공동체는 자유의 공동체이다. 그렇다고 자유로운 인간―보편성에 이른 인간의 공동체라고 하여 "아름다운 영혼"들의 공동체인 것은 아니다. 내면적 존재로서의 개체는 하나하나의 개체의 내면성의 심화를 넘어 모든 가능성으로서의 인간의 실존 자체이다. 따라서 이러한 심화의 사회조직 내에서의 의미가 반드시 분명한 것은 아니다. 어떤 경우에나 내면적 주체적인 존재로서의 개체와 사회를 함께 수용하는 사회조직이 어떤 것일는지는 분명하지 않다. 다만 말할 수 있는 것은 사회적 전체성을 생각하는 데 있어 이러한 요인들이 끊임없는 고려의 대상이 되어야 한다는 사실일 것이다.

과학의 인간적 심화효과

위에서 말한 바와 같이, 사회의 사실적 조직은 그 나름의 의미를 갖는다. 비슷하게 자연 세계의 사실적 논리적 조직화도 중요한 인간적 의미를 갖는다. 그러면서 두 의미가 같은 것은 아니다. 위에서 말한 바와 같이, 사실 중심의 삶은 일상적 필요와 사회적 필요의 강박에서 나온다. 결국 자연에 대한 인간의 태도의 기초에 있는 것도 자연적 존재로서의 인간의 필연성이다. 이미 비친 바와 같이, 과학을 움직이는 것은 일단 공리적 목적 ─ 인간이 그것에 가할 수 있는 작용, 상상 속에서 또는 실제적으로 가할 수 있는 작용이다. 그러면서도 자연에 대한 과학적 설명은 반드시 실용적 의미를 갖는다고 할 수는 없다. 출발의 동기가 어찌 되었든, 과학의 연구는 그것을 넘어 그 시각을 무한소(無限小)와 무한대(無限大)로 넓혀 간다. 그리하여 자연세계는 실용적 동기를 넘어 확대되어 독자성을 얻는다. 실용은 생활세계의 주제이다. 우리의 세계가 무한한 것으로 확대될 때, 실용의 동기는 희석화될 수밖에 없다. 그리고 대신하는 것은 사람의 영혼에 내재하는 형이상학적 지향이다. 또는 무한대 또는 무한소의 세계에서 두 동기는 하나로 혼용된다고 할 수 있다.

그런데 그러한 공간적 요인이 없다하여도 법칙이란 이미 무한을 연상하게 하는 개념이다. 법칙은 언제나 보편적이다. 그리고 보편성을 시사한다. 이것은 되돌아와 사람의 실용적 세계를 무한함에 비추어 볼 수 있게 한다. 사실 물리적 대상의 실용은 물리법칙의 보편성에 편승하여 가능하고, 이 실용이 직접성을 잃을 때, 드러나게 되는 것은 법칙적 세계의 독자적 존재이다(그러나 이 독자성이 출발의 주체적 동기를 완전히 벗어나는 것은 아니라고 할 수 있다. 이것은 지금의 상태에서 증명할 수는 없지만, 과학적으로 파악되는 물리적 세계가 반드시 있는 대로의 현상 또는 진상을 드러내주는 것일 수 없다는 추론을 가능하게 한다).

하여튼 어떤 방법론적 고안을 통해서든지 인간이 이르게 된 객관적인 물리적 세계는 다시 인간의 주체적 의식으로 되돌아온다. 그때 그것은 사람의 체험의 세계를 넓히는 결과를 가져온다. 이렇게 깊어지고 넓어지는 체험의 세계는 심미적 정서와 기율을 아울러 가진 보다 높은 경계(境界)를 보여줄 수 있다.

거대 사회조직의 비인간성
—

그러나 자연과 사회의 사실적 확대 또 법칙화는 서로 다른 성격을 갖는다. 자연의 경우나 마찬가지로 사회의 사실적 조직은 인간의 사회에 대한 이해를 보다 넓은 것이 되게 할 수 있다. 그러나 사람과 사람의 관계는 근본적으로 개체적인 상호관계 속에서만 인간적 의미로서 존재한다. 거대한 사회조직은, 어떤 종류의 권력지향의 인간의 경우를 제외하고는, 소외감을 키우고 또 비인간적 상호작용을 조장할 수 있다.

확대되는 인간 조직의 비인간화를 억제하는 방법을 찾는 것은 개인적으로도 그러하지만, 사회적으로도 중요한 과제라고 아니할 수 없다. 중요한 것은 확대되는 인간 조직 속에서 개체와 인간적 범위의 인간관계를 유지하도록 노력하는 일이다. 구체적으로 이것이 어떻게 가능한지는 새로 연구되어야 할 것이다. 특히 사회가 지역을 넘어 하나가 되고 세계화 속으로 편입될 때, 이것은 인간의 집단적 삶에서 가장 중요한 과제의 하나라고 할 것이다.

세계화와 인간/구체적 공동체
—

그러나 이것이 필요하다는 것은 세계화가 반드시 전체적 체제의 강화를 의미하기 때문만은 아니다. 개체의 보편성에로의 신장(伸張)은 개체를 사회의 구속으로부터 해방하는 기능을 갖는다. 마찬가지로 세계화는 개체로 하여금 좁은 지역적 한계를 넘어가는 존재가 되게 한다. 결국 실존적 범주로서의 보편성의 진화 그리고 인간적 관계망의 세계화는 개체를 관습적 사회조직의 사실경계로 한정하기가 어렵게 한다고 하겠다. 그러나 그러한 해방은 의식의 해방을 수반하여야 한다. 개념적 사실적 테두리의 확대는 개체의 해방에 도움이 될 수 있다. 이 점을 생각할 때, 위에 말한 지역사회의 구성은 폐쇄적 공동체의 공간을 만든다는 것이 아니다. 문제는 이러한 거대한 범주 안에서 구체적 삶의 구역을 어떻게 분명히 하느냐 하는 것이다.

사람은 열린 상태를 갈망하면서도 구체적 테두리 안에서의 삶 — 물리적으로, 자연환경으로, 인간관계에서, 또 심미적으로 일정 수의 항목과 그 체제 속에서 사는 삶이라야 편안한 마음으로 살 수 있는 존재이다. 낭만적으로 말하여, 고향은 늘 사람들의 그리움의 대상이다. 그것은 개체의 시공간과 인간적 관계망을 구체적으로, 물리적으로 포용하는 것으로 생각되기 때문이다. 그러나 그것은 향수(Heimweh)를 불러일으키지만, 동시에 사람의 다른 심리적 견인력이 되는 먼 곳에 대한 그리움(Fernweh)으로 하여, 그리고 세계화가 만들어내는 현실적 힘의 벡터로 하여 많은 사람에게 고향에 사는 것은 불가능한 일이 되었다. 그리하여 여러 심리적인 사실적 요인들을 포용하면서 고향과 같은 유연하면서도 구체적인 사회조직을 어떻게 창조해내느냐 하는 것이 세계화 속의 인간이 깊이 생각하지 않을 수 없는 과제가 되는 것이다.

8 예술적 승화

개체와 보편성의 출현
—

이러한 문제들은 공적 영역과 사적 영역 그리고 거기에 대응하여 외면적 사실과 내면의 체험의 대조로 다시 환원하여 말할 수 있다. 다시 강조하지 않을 수 없는 사실은 이러한 것들이 확연히 구분되는 것은 아니라는 것이다. 조금 전에 말한 것을 다시 말하면, 어떤 사회공동체의 성원으로서의 개체는 그를 한정하는 사회의 테두리를 넘어갈 때 하나의 개체가 되는데, 그것은 고독한 존재가 된다는 것을 말하면서 동시에 큰 인간 공동체에 속하는 자가 되고 다시 보편적 의미에서의 인간 존재로 — 생물학적으로, 정신적으로 또는 존재론적으로 인간이라는 아이디어로 파악될 수 있는 존재가 된다는 것을 말한다. 여러 다양한 사회와 제도 속에 있는 인간에게 인권(人權)이라는, 말하자면 보편적 인간의 권리가 있다는 생각도 이러한 역설적 현상을 나타낸다. 인권의 이념을 확대하면, 보편적 존재로서의 개체를 인정함으로써 특정한 집단의 테두리는 절대적인 것에서 상대적인 것으로, 경험적인 것으로 바뀌고 조금 달리 생각하여야 하는 것이 되고, 이때에 개체 또는 개인은 보편적 인간 개념의 담지자로서 사회적 집단을 해체하는 역할을 한다.

그러기 때문에 개체의 내면세계도 완전히 폐쇄된 개체의 영역을 말하는 것은 아니다. 그것은 누누이 말한 바와 같이, 보편에의 길이 트이는 영역이기도 하다. 이 사실은 매우 깊은 의미를 갖는다. 쉬운 예로서 말하여도, 프루스트가 《잃어버린 시간을 찾아서》에서 시도한 것이 완전히 폐쇄된 사적 영역의 사적 체험을 실토하는 것이라면, 그것이 어떻게 독자에게, 그와는 관계가 없는 타자인 독자에게 의미 있는 것이 되겠는가? 이것은 문학작품에 일반적으로 해당된다. 또는 더 낮은 차원에서 개체의 체험세계가 완전히 폐쇄적인 것이라면, 남의 이야기를 듣고 그것을 이해하고 공감하는 것도 불가능한 일이 될 것이다.

공감이 가능한 것은 체험의 세계가 개인의 것이면서도 보편적인 것이기 때문이다. 인간의 진실 — 그러니까 보편적으로 동의할 수 있는 근본은 간추린 이력서가 아니라 마음으로 또는 온몸으로 체험한 삶이다. 그 삶이 진실을 나타낸다. 사실적 단순화는 일시적 방편에 불과하다. 그리하여 체험의 진실은 단순화된 사실의 진실을 공허한 것이 되게 한다. 그것이 개인적으로 삶의 현실이라는 것은 쉽게 시인할 수 있지만, 새삼스럽게 확인하게 되는 것은 그것이 인간의 보편적 현실이기도 하다는 것이다. 그럼으로써 체험적 차원에서의 소통이 가능하고, 그것이 참으로 우리 마음에 충족감을 줄 경우가 많은 것이다.

체험과 예술/구체적 전체
—

다만 이렇게 말하면서 주의하게 되는 것은 실제의 체험과 문학작품이 재현하는 체험의 차이이다. 이것들의 체험적 내용의 차이는 위에서 '십자가의 길'을 말하면서 일단 논의한 것이다. 그것은 체험을 살려내는 데에 사실의 구체적 연출이 필요하다는 것을 말한 것이지만, 일반적으로 인간의 삶에서 예술이 하는 것도 이에 비슷하다는 것이라는 것도 이미 지적하였다. 또 우리는 위에서 체험과 사실 그리고 정보의 차이를 논하면서, 그런 차이가 생겨나고 인간의 삶이 그 일체성을 잃어버린 것은 공동체의 삶 그리고 그 삶에서의 의례(儀禮)가 사라진 것과 관계가 있다고 한 벤야민의 생각에 언급하였다. 그리고 이것은 조금은 지나치게 단순한 관찰이라는 말을 하였다. 그렇기는 하나 예술이 사람의 삶의 체험적 내용의 보존과 재연에 기여한다는 벤야민의 관찰은 맞다고 할 것이다. 예술이 적어도 개체적 차원에서는 체험을 승화하는 효과를 갖는다는 것은 널리 인정되어 있는 사실이다. 다시 이것을 확인하고 그것을 보다 넓은 차원에서 생각해 보기로 한다.

이야기와 이야기의 사실들
—

다시 말하여, 예술작품에 재현되는 그것은 아무리 실감이 나더라도 그것이 있는 그대로의 체험을 말하는 것은 아니다. 문학의 경우 체험의 문학적 상상력에 의한 재구성이다. 재구성이란 말은 일정한 모양을 갖추고 앞뒤가 맞는 이야기가 된다는 것이다. 중요한 것은 이것이 만들어내는 전체성이다. 그 일단의 조건은 부분과 부분의 연결이다. 그러나 여기의 부분은 추상화된 부분이 아니라 구체적 사물들이 모여 전체를 이루는 것이다. 그것은 단순히 집합으로서의 전체가 아니다. 구체적 사항들이 전체에 들어가는 것은 그것에 의하여 삼투(滲透)된다는 것을 말한다. 전체는 반드시 구체를 넘어서 별개로 존재하지 않는다. 가장 대표적으로 전체를 나타내는 것은 이야기이다. 그것은 물리적 세계의 법칙적 세계—사실들이 알고리즘 속에서만 정당성을 갖는 물리적 세계의 전체와는 별개의 전체성이다(물리학적 인과율과 심미적 형상의 전체성은 유사하면서 다른 것인데, 이 둘 관계는 심각한 성찰이 필요한 주제이다).

이야기는 구체적 계기들을 떠나서 존재하지 않는다. 동시에 이야기는 구체적인 것들을 단순화한다. 그러나 근대, 현대 소설이 성취하는 것은 이 단순화를 최소의 것이 되게 하면서도 이야기를 구성해 낸다는 것이다. 프루스트의 잃어버린 시간을 찾으려는 이야기에서 마들렌이라는 과자의 역할은 이제 유명한 이야기가 되었다. 그것의 구체적 실체가 과거를 불러일으킨다. 즉, 사물을 마주하고 앉아 있는 순간에 삼투되어 있는 삶의 체험을 다시 살릴 수 있게 한다. 어떤 경우에나 추억은 구체적 이미지와 더불어 되살아난다. 그리고 프루스트의 소설에서처럼 철학적이고 심리학적인 사변들이 거기에 끼어들게 된다. 문학으로서의 이야기는 엄격한 것은 아닐망정 이러한 것들을 전체적 서사 속에 마무리한다. 이러한 전체성을 생각하면, 체험세계는 사실 현장에서 체험되는 것이면서도 회고 속에서만—특정한 예술적 능력을 통하여 재구성되는 회고 속에서만 실재한다.

형식, 시각, 공간, 시간
—

재구성된다는 것은, 다시 말하여, 구체적 세부들이 선택적으로만 전체로 합쳐진다는 것을 말한다. 전체가 구체의 선택을 통제하는 것이다. 이 통제에 작용하는 것은 어떤 일반적 명제라기보다는(이데올로기적 통제가 있을 수는 있지만), 형식적 그리고 논리적 질서이다. 물론 그것은 직접적으로 주어진다고 할 수 있는 감각에 드러나는 형식과 논리이다. 그것이 심미적 느낌을 자극한다. 이것은 예술의 여러 형태에서 다른 모습 그리고 다른 역점을 가지고 드러난다.

형식적이란, 이미 앞에서 지적했던 것이지만, 시각적인 조감(鳥瞰)의 가능성에서 가장 직접적으로 또 가장 기본적으로 드러난다. 형식은 혼란의 감각체험에 일정한 질서를 부여한다. 그렇다고 그 형식이 지나치게 단순하게 경직된 것이거나 상투적인 것이어서는 아니 된다. 예술의 형식은 삶을 초월하면서도 삶의 자발성을 억제하는 것이 아니라 자극하는 것이라야 한다. 사람은 공간 속에 산다. 그 공간은 알아볼 수 있는 것이라야 한다. 결국 그것은 생물학적 관점에서의 삶의 필요라고 할 수 있기 때문에 생명을 촉진하는 역할을 할 수 있어야 한다. 그리하여 공간의 양식은 처음부터 그것에 모순되는 계기를 포함한다고 할 수 있다. 그러니까 다시 말하건대, 인간의 원초적 공간체험을 이해할 만한 것으로 바꾸어주는 것이 예술의 양식화이다.

그런데 지금까지 말한 것은 시각 예술에 주로 해당하는 것이라 할 것으로 생각된다. 소설과 같은 서사 장르에서 그럴싸한 의미를 만들어 내는 데 가장 중요한 역할을 하는 것은 이야기의 줄거리이다. 줄거리는 우리가 흔히 체험하는 또는 체험한다고 생각하는 사실과 사건의 이어짐에 그 뿌리를 가지고 있다고 할 수 있다. 그러니까 인과관계, 동기관계 그것이 구성하는 상황의 자발적 전개 등이 여기에 관련되어 있다. 그것은, 간단한 의미로 그렇게 말할 수는 없지만, 사건들의 논리에 이어짐으로써 설득력을 얻게 되는 사실들의 구성이다. 서사의 형식은 공간의 조감(鳥瞰)에 해당한다. 그것은 공간과 시간 두 차원에서 걸쳐 살면서 그 혼란에 대응하려는 인간적 노력이라고 할 수 있다. 여기에 대하여 음악은 앞에서 말한 바 있듯이 순수한 시간적 형식이라고 할 수 있다. 그러나 리듬이나 되풀이 또는 시작과 전개와 끝의 요인 등을 생각하면, 음악도 완전히 공간을 벗어날 수는 없다고 할 수 있다.

음악의 질서
—

그럼에도 불구하고 음악이 시간의 형식화인 것은 틀림이 없다. 이것을 되풀이하여 말하는 것은 그러니만큼 그것은 순수하다는 것을 상기하자는 것이다. 공간이나 시간은 예로부터 사람이 분명하게 감지하거나 이해하기 어려운 삶과 존재의 차원들이다. 그중에도 알기 어려운 것이 시간이다. 간단히 말하여도 공간은 "이것이 공간이다"라고 가리킬 수 있는 것으로 말할 수 있지만, 시간은 그러한 것을 예시하기가 퍽 어려운 존재의 차원이다. 음악도 물론 순수한 시간의 형식화일 수 없다. 음악의 감각적 질료(質料)는 소리이다. 예술에 불가결한 감각적 요소를 대표하는 것이 소리인데, 소리는 물질적 세계에서 가장 먼 감각 질료이다. 그런데다가 음악의 소리는 사실 소리가 아니라 일정한 합리성 속에 조율되어 있는 음(音)이다. 그리하여 그것은 당초부터 형식과 분리될 수 없는 감각 질료이다. 그것은 그 자체로서 지상의 물질의 무게가 아니라 천상의 가벼움, 그것의 초경험적 질서를 시사할 수 있다. 문학에서도 시(詩)는 이러한 소리, 사람의 말이 가질 수 있는 소리와 소리의 규칙적 되풀이와 장단을 차용함으로서 단순한 표의를 넘어가는 지속과 초월성을 획득한다.

형상의 세계

예술의 형식성은 삶의 체험을 보존하면서 그것을 더 높은 차원으로 지양한다. 이것이 개인적으로 의미 있는 일인 것은 틀림이 없다고 하겠으나, 예술에 지양되는 체험은 정형적인 것이 됨으로서 체험의 순수 지속을 넘어간다. 체험이 초개인적 차원으로 옮겨가는 것이다. 그렇게 함으로써 개인과 개인의 폐쇄를 넘어 개인적 체험으로 남아 있을 수 있다. 이렇게 볼 때, 그것이 사회적 의미를 갖는 것은 분명하다. 그러나 그것이 공동체의 의례에 국한되는 것은 아니다. 개인의 체험을 담고 있는 예술이, 그 배경에 존재하는 형식의 플라톤적 성격으로 하여,

어떻게 사회적 의미를 갖게 되는가는 더 깊이 생각해보아야 할 과제일 것이다. 형상의 세계는 어디에 있는가? 그것은 어떻게 사회공간에 이어지는가? 그것을 떠나서 개인은 개인으로서 존재할 수 있는가?

체념의 조형

이것은 다른 자리에서 논한 일이 있는 것이지만, 다시 한 번 되풀이하여 생각해본다. 릴케의 시에 공간의 두 모습—외면 공간과 내면 공간을 이야기한 것이 있다(이 시는 서두의 에피그라프에도 인용하였다. 원시의 처음은 다음과 같이 시작한다. "Nicht den sich Vögel werfen…").

> 새들이 날아가는 공간은 그 모습 뚜렷한,
> 그대가 믿고 있는 공간이 아니다.
> (저 열린 공간에서 그대는 부정되고
> 돌아올 길이 없이 스러지고 말리라.)
>
> 공간은 우리에게서 뻗어 사물로 건너간다.
> 나무의 있음을 확실히 하도록, 그를 둘러
> 그대 안 본유의 공간에서 내면공간을 던지라.
> 나무를 경계로 두르라. 나무는 스스로에
> 금을 긋지 않으니. 그대의 체념의 조형(造形)에서
> 비로소 사실에 있는 나무가 되리니.

동물은 형태 없는 공간에 존재한다. 이에 대하여 인간은 스스로 인지하는 공간에 존재한다. 칸트식으로 말하여 공간은 인간에게 인식의 직관 형식이다. 그 형식에 의지하지 않고는 인간에게 모든 사물은 정의할 수 없는 어떤 것이다. 의식의 밑에 공간이 있어서 사물은 일정한 모양으로 존재하는 것일 수 있다. 나무는 이 내면 공간에서 뚜렷한 모습을 드러낸다. 이 공간은 동시에 외면의 공간이다. 그렇지 않다면, 우리가 객관적 사물로 인정하는 나무는 나의 환상에 불과할 것이다. 이러한 공간의 모순에 축이 되는 것이 인간의 자기 체념이다. 극기(克己)와 자기 체념이 없이는 객관적 사물의 바른 인지는 존재할 수 없다.

이러한 작용은 역설적으로 자신의 내면에 뿌리는 내리고 있는 체험의 경우에도 마찬가지이다. 혼란스러운 경험으로부터 냉연(冷然)한 거리를 두지 않고는 경험의 모습을 제대로 인지할 수 있는가? 예술가로서의 규율에 철저함이 없이 잃어버린 시간을 알아볼 수 있는 모습으로 재구성할 수 있는가? 또는, 경험은 처음으로 구상력의 기율을 통해서 그 모습을 드러내는 것이기 때문에, 다시 말하여, 경험을 재구성이 아니라 구성할 수 있는가? 체험을 이야기한다는 것은 대체로는 전혀 앞뒤가 맞지 않는 횡설수설이 되거나, 위에서 말한 대로, 통상적인 실화(實話)의 상투적 이야기체를 빌려, 그것을 거푸집으로 하여, 자신의 이야기를 찍어내는 것이다. 형상이 있어서 비로소 이야기는 진정한 이야기가 된다. 그리고 그 이야기는 최대한으로 사물과 사건을 있는 대로 조명할 수 있다.

이 형상은 어디에서 오는가? 그것은 경험을 넘어가는 어떤 다른 세계에서 오는 것인지 모른다. 그것은 형상이면서, 늘 새롭다. 그것은 상상되는 세부에서 발견되는 형상이다. 이 형상의 모태가 되는 것은 심화된 의식의 내면이다. 이 내면은 형상이 열리게 되는 바탕이다. 말하자면, 글씨가 쓰이고 그림이 펼쳐지는 캔버스이다. 그러나 그것은 완전히 정지되어 있는 캔버스가 아니다. 그것은 형상을 만들어내는 창조의 모태이다. 그것이 사람의 새로운 체험을 인지하고 재현할 수 있게 한다 (문학에서의 체험의 재구성은 기율 없는 그러면서 세속의 상투적인 틀에 찍어낸 자기의 잡스러운 이야기 ─ 오늘날 유행하는 이른바 '이야기'는 아니다).

개인적 이해 그리고 자기 존재의 과시를 비어 낸 체념의 내면 공간은 어디에서 오는가? 말할 수 있는 것은 스스로를 체념한 그 바탕 위에서 체험의 진실은 물론 예술과 과학의 객관적 인식 그리고 사회적 질서에 대한 인지 ─ 이러한 것들이 가능해진다는 것이다. 형상은 그 위에 쓰이는 판독 가능한 글씨와 같다. 내면으로 내려가면서 동시에 밖으로 열리게 하는 정신작용이 미학에 말해 온 관조(觀照)는 이런 작용의 한 단초를 말한 것이라 할 수 있다.

II 체험의 심화와 존재의 느낌

1 체험과 진실

삶의 부조리/외면적 사실과 내면적 체험
—

그러나 이러한 심화된 내면은 보통의 삶에서 쉽게 발견할 수 없는 것이 아닌지 모른다. 그리하여 사람의 삶의 내용이 되는 것이 체험이라고 하더라도, 그 위치는 늘 허약하다. 이것은 깊은 의미에서의 체험의 경우에도 그러하고 통상적 의미에서의 체험에서도 그러하다. 이것이 보통의 삶에서 의미하는 바를 다시 생각해본다.

되풀이 하건대, 삶은 체험보다는 사실로 이루어진다. 그리고 체험의 복구작업은 언제나 쉽지 않은 일이다. 틀림이 없는 것은 언제나 잃어지고 어렵사리 되찾아지는 것이 시간이라는 것이다. 예술은 이 체험의 덧없음을 극복하려는 허무한 인간적 작업일 뿐이다. 예술적 개입 이전에도 인간의 체험과의 불확실한 관계는 이 세계에 존재하는 방식이고 ― 섭섭하지만 어떻게 할 수 없는 관계이다. 인간은 사실과 체험의 사이에 존재한다. 그리고 그 어느 하나에도 안주하지 못한다. 그것은 인간의 삶의 실존적 구조이다. 그것을 조건짓는 것은 압도적으로 물질적이고 사회적 조건이다. 그것은 경험의 주관적 재처리 공정에서 얻어지는 체험에 근본적 제한을 가한다. 이러한 사실은 체험화의 매체가 되는 문학작품의 서사(敍事)에서도 쉽게 확인할 수 있다.

인간 실존의 부조리는 카뮈의 문학작품에 일관된 삶의 원리라고 한다. 그러나 서사하는 그의 묘사 자체가(사실 다른 문학작품들도 그러하지만), 삶이 모순에 찬 것이라는 것을 드러낸다. 작품이 어떤 것이든지 간에, 사실과 체험의 불균형 그리고 그것들의 교차와 혼재는 삶의 현실이다.

《이방인》의 첫 문장은 "오늘 어머니가 죽었다"이다. 이것은 그 매정한 어조로 하여 유명한 시작이 되었다. 그러나, 그 시작이 좋다거나 카뮈의 대표적 스타일을 보여주기 때문이 아니라, 우리가 일상생활을 어떻게 영위하는가 또는 그것을 어떻게 정리하여 마음에 지니는가를 예시하기 위하여 그 첫 부분을 조금 긴 대로 인용하여 본다.

> 오늘 어머니가 죽었다. 어쩌면 어제인지도 모른다. 양로원에서 온 전보에는, "모친 사망, 내일 장례, 근조"라고만 쓰여 있었다. 정확한 내용이 없다. 어제였는지 모른다. 양로원은 알제에서 80킬로이다. 두 시에 버스를 타면, 오후 안으로 도착할 것이다. 밤샘이 있을 테니까 내일 저녁에는 돌아올 수 있을 것이다. 사장한테는 이틀 휴가를 신청했다. 사정이 그러니 휴가 신청을 거절할 수는 없었겠지만, 허가하면서 사장은 심기가 편한 것 같지 않았다. 나는 "죄송합니다, 어쩔 수가 없네요"라고 말했다. 나중에 생각해 보니 그렇게 말할 것이 아니었다.

사장이 응당 조의를 표했어야 하는 것이 아닌가. 내가 돌아온 다음에 내일 모레 상복을 입고 있는 것을 보면, 그럴지는 모르겠다. 지금으로는 어머니가 아직 돌아가시지 않은 것과 다름이 없다. 장례를 지내고 보면 실감이 날 것이다. 공적으로 인증이 되는 것일 터이니까.

나는 두 시 버스를 탔다. 덥기 짝이 없는 오후였다. 점심은 셀레스트 식당에서 먹었다.···

소설 전체의 분위기가 그러한 것이라서 그렇다고 하겠지만, 위의 서두만으로는 소설의 주인공 뫼르소가 특히 냉정한 인간이라고 하는 것은 성급한 판단일 수 있다. 냉정하다고 한다면, 그것은 그의 삶의 사실적 테두리가 그럴 수밖에 없기 때문일 것이다. 어머니는 멀리서 살고 계셨다. 그보다 중요한 것은 어머니의 죽음을 처리하는 데 필요한 사실적 절차이다. 장례에 가기 위해서는 허가를 받아야 한다. 버스 사정도 생각하여야 한다. 이런 것들을 고려하면서 그에 알맞는 휴가도 받아야 한다. 그리고 물론 밥도 먹고 일상적 생존도 유지하여야 한다. 그리하여 어머니의 사망통지 이후에 급한 일은 죽음의 사실을 직면하고 그것을 처리하는 데 필요한 여러 가지 사회적 절차와 물리적 여건을 돌아보고 행동방안을 생각하는 일이다. 이러한 것들은 어머니의 죽음을 슬퍼한다거나 그 의미를 생각할 마음의 여유를 주지 않는다.

물론 어머니의 죽음은 주체의 관점에서 그리고 그것을 나누어 갖는 주체적 체험의 관점에서 중요한 의미를 갖는다. 그러면서 그것은 사실이다. 이 사실은, 우리와 상관없는 생물체의 죽음, 가령 식료품이 되는 동물의 죽음처럼 매우 간단한 사실일 수도 있다(사람의 경우에도 전쟁에서 총에 맞아 죽는 적군이나 테러리즘 또는 다른 살인의 대상자의 경우, 죽음은 비슷한 의미를 갖는다고 할 수 있다. 별다른 이유가 없이 뫼르소가 쏘아 죽인 아랍인의 경우도 마찬가지이다). 그러나 귀중하게 생각하여서 마땅한 목숨의 존재가 사라지고 그것을 여러 각도에서의 주체적 체험으로 취하는 경우에도 불가피한 것은 죽음을 처리하는 사실적 절차이다. 대부분의 사회는 죽음의 주체적 의미를 되새기고 그 사실적 처리를 순조롭게 하려는 절차를 가지고 있다. 그 절차의 중심에 그것을 하나의 사회적 연출로—즉, 의미를 가진 행동으로 분절화한 장례의 의식(儀式) 또는 의례(儀禮)가 있다.

사실 논리와 윤리 규범

—

그러나 이러한 의식은 개인의 일을 사회에 수용하는 방식의 한 부분일 뿐이다[의식을 윤리적 규범에 일치하게 한 것을 의례라고 할 수 있다. 뫼르소의 사회에서 중요한 것은 의례보다 의례에서 예의가 약화된 의식(儀式)이다].

위에 인용한 부분은 현대사회에서 사회적 삶의 여러 테두리를 넘겨볼 수 있게 한다. 장례에 참석하기 위해서 뫼르소는 휴가를 받아야 한다. 그의 사회관계를 규제하는 것은 반드시 서로 맞아 들어가는 것이 아닌 두 가지의 행동원리이다. 휴가의 절차는 사람의 삶을 현실화하는 매체가 되는 사회적 규제의 일부이다. 뫼르소가 장례를 위하여 휴가를 받고자 할 때, 휴가를 허가하거나 허가하지 않는 것은 사장의 권한이다. 따라서 그것은 회사의 사정과 사장의 의사로 결정될 수 있다. 그러나 그것은 전체적으로 사회적 관습 또는 규범의 통제 하에 있다. 이에 따르면, 휴가는 당연히 주어야 하는 것이고 또 사장은 그것을 못마땅하게 생각할 것이 아니라 그에 대하여 조의를 표하여야 한다. 사장의 허가는 이 두 가지 규범의 갈등 속에서 주어지고 그것은 뫼르소의 마음에 착잡한 반응을 일으킨다. 아마 한국에서라면, 회사의 사정을 넘어서 조의를 표해야 한다는 사회적 규범이 더 강하게 작용하여야겠지만, 카뮈가 사는 세계는 그보다는 더 사물 중심의 사회조직이 일반화된 세계로—더욱 근대화된 세계로 편성되어 있는 것일 것이다. 그렇기는 하나, 뫼르소에게 휴가를 주는 사장도 그의 어머니의 죽음을 무시할 수는 없다. 그것을 무시하는 것은 인간의 기본적 삶의 규범을 깨트리는 일이다.

벤야민은, 위에서 언급한 바와 같이, 공동체적 의식의 붕괴는 체험의 정보화를 가져온다고 생각한다. 정보는 체험적 내용의 사실화의 한 결과이다. 그렇다는 것은 그것이 주체의 내면성으로부터 유리된 사실 사항들이란 말이다(그러면서도, 위에서 말한 바와 같이, 그것은 삶의 영위에 있어서 그 나름의 쓸모를 갖는다). 뫼르소가 근무하는 사장에게—반드시 완전히 그러한 것이라고 할 수는 없지만—그의 어머니의 죽음은 하나의 정보에 불과하다. 뫼르소에게도 그것은 정보에 가깝다. 전보(電報)라는 것 자체가 어머니의 죽음이 정보로 단순화되었음을 말한다. 그것은, 위의 텍스트에 시사되어 있는 바로는, 현장에서 구체적 사건이 될 것으로 짐작할 수 있다. 그러나 사건의 전개를 보면, 현장도 반드시 사건의 구체성과 그 내면적 의미 또는 인간적 의미를 회복해주지 못한다. 인간 현실의 정보화는 벤야민에 의하면, 위에서 말한 바와 같이, 공동체적 의례의 붕괴로 인한 것이라고 한다. 여기에서 중요한 것은 정보화 자체보다도 그 배경이 되는 의례의 붕괴이다.

감정과 의례

공동체의 의례는 개인의 체험을 사회 속으로 지양하는 방식이다. 그것은 주체적 체험을 사회가 인정하는 행동적 공연으로 표현한다. 강한 주체적 의미의 체험은 주로 감정의 강화로 전달된다. 그것이 외적 표현을 필요로 하는 것은 반드시 마음에 쌓이는 감정을 쏟아야 할 강박이 있기 때문이 아니다. 체험은 표현을 통하여 객관적 실체성을 얻는다. 표현의 객관성은 주로 그 형식적 성격으로 인한 것이다. 물론 거기에는 외적인 사물과 사건이 들어 있다. 그러나 이것은 전체성 내에 자리함으로써 그 모습을 드러낸다. 사물이나 행동에 전체성을 부여하는 것은 앞과 뒤 그리고 부분과 부분을 통합하는 양식화이다. 이렇게 연출되는 사건 그리고 그것을 체험으로서 나타나게 하는 감정의 공연은 사회적 관습으로 고정되어 거의 물질적 세계의 무게를 획득한다. 의식(儀式)의 의미를 이해하는 데에는 그 작용이 반대 방향으로 움직이는 것에도 주의하는 것이 필요하다. 거꾸로 말하면, 사람은 사회적으로 인정된 양식화를 통하여 어떤 사건의 체험적 내용에 접할 수 있게 된다고 할 수 있다.

더 간단하게, 사건 연출의 사회적 양식화로서의 의식은 그에 관계된 감정을 보존하고, 의식 참여자는 의식을 통하여 감정을 경험함으로써 어떤 사건의 내적 의의를 직감 내지 직관하게 된다. 이것은 의식의 연출에서 일상적으로도 볼 수 있는 일이다. 우리는 추도식과 같은 데에서 식전이 진행됨에 따라서 눈물을 흘리게 되는 것을 본다. 체험과 관련하여 환기된 감정이 일단 잠잠하여졌다가도 의식(儀式) 행위가 시작되면서 다시 감정이 고양되는 것이다. 가족의 죽음과 관련하여 이러한 것을 양식화한 것이, 앞에서 비쳤듯이, 우리의 상례(喪禮)에서의 곡(哭)과 같은 절차이다.

요약하여, 의례는 체험으로서의 사실 그리고 그에 대한 인간적 인식의 기능으로서의 감정을 유지하는 수단이 된다. 물론 중요한 다른 사회적 기능이 없다는 것은 아니다. 여기에서는 주로 개인적 체험의 공적 표현이라는 관점에서 이 문제를 생각할 때, 그러하다는 것일 뿐이다(의식은 앞에서 논의했던 음악이나 다른 예술의 형식화에 비슷하다. 물론 그것은 조금 더 현실 사건에 가깝다. 그리고 주목할 수 있는 것은 그것이 음악과 같은 예술의 완전한 형식성에는 이르지 못한다는 점이다. 그러니만큼 그것은 초월적 차원보다도 사회적 차원에 남아 있는 형식화이다. 이 사회적 차원은 이미 합리화에 의하여 사실 중심으로 조직된 사회로 표현된다. 그리하여 의식은 간소화되어 있다).

의례의 간소화 그리고 그 과장
—

다시 《이방인》으로 돌아가, 뫼르소가 참가하는 장례는 — 또는 여기에서 주안이 되는 것은 무엇보다도 매장(埋葬)이기 때문에 보다 정확히 말하여, 시신의 매장 절차는, 극단적으로 최소화되어 있다. 버스와 도보로 어머니가 사시던 양로원에 도착한 뫼르소는 수위와 관리인을 만나고 그 안내를 받아 시체를 안치한 지하실로 간다. 어머니의 시신은 이미 관에 들어 있고, 뫼르소는 관 뚜껑을 열어 어머니를 보겠느냐는 관리인의 물음에도 불구하고 어머니의 시신을 직접 보지 않는다. 또 한 번의 기회가 있지만, 그때도 그는 어머니의 시신을 보지 않고 만다. 이것은 흔히 그의 무정함의 증표로 말하여지지만, 사실 장례절차 전체가 극히 간소화되어 있고 냉랭하다. 뫼르소의 태도는 이 냉정해진 절차의 일부이다. 그렇다고 감정이 유발될 만한 의식(儀式)이 전혀 없는 것은 아니다. 뫼르소는 밤샘을 하고, 어머니의 양로원 동료들 열 명이 찾아와 말없이 밤샘을 함께 한다. 그중 어머니와 제일 친하였다는 노인은 쉼 없이 눈물을 흘린다. 신부(神父)가 와서 종교적 절차를 취한다. 다음 날 아침 신부와 운구하는 사람들이 함께 와서 시체를 운반하여 공동묘지로 옮겨 간다. 외부인으로는 어머니의 가까운 반려자였다는 남자친구만이 운구 행렬에 참가하는 것이 허용된다. 그 외의 일가나 친구는 볼 수 없는 쓸쓸한 장례이다. 감정도 말도 거의 없는 상태에서 모든 것이 끝난다. 매장이 끝난 다음 알제로 돌아온 뫼르소는 근무처의 사무직원과 섹스를 갖는다.

《이방인》의 서두의 에피소드는 뫼르소의 인간됨, 더 나아가 인간 존재의 본질적 부조리성의 문제로 해석하기도 하지만, 공동체의 언어로서의 의례가 현대적 인간의 삶에서 어떻게 작용하는가 또는 작용하기 어렵게 되었는가를 보여주는 예로 취할 수도 있다. 지나치게 간소화된 매장 의식은 다시 말하여 체험과 사실의 갈등을 사회적 양식화로 지양할 수 있는 공동체가 사라졌다는 것, 달리 말하여 사회가 공동체적 전체성에서 합리화된 체제로 바뀐 것에 관계된다고 할 수 있다. 이러한 간소화된 매장 절차와 대비하여 오늘날의 한국의 장례 그리고 일반적으로 관혼상제(冠婚喪祭)는 과장된 경우가 많다. 이것은 사회화가 개인적 체험을 양식화하고 보존하는 것이라기보다는 그것을 사회 경쟁과 과시의 도구로 변형시킨 결과라고 할 수 있다.

2 주체적 체험과 인식 능력의 변용

개인적 체험의 심화

—

그렇다고 벤야민의 암시에 나와 있는 것처럼 공동체적 의례를 통하여 인간의 체험이 객관적 실체를 얻고 그것을 보존할 수 있다고만은 말할 수 없다. 이것은 이미 위에서 비판적으로 검토한 바 있다. 개인적 사건이 얻게 되는 실체성이 사회적 의미를 갖기는 하겠지만, 그것이 참으로 체험의 실체 또는 삶의 진실을 말한다고 할 수는 없다. 근본 문제는 사람이 참으로 그에 이를 수 있는가 하는 것이다. 어떤 관점에서는 그것은 사회적 의례를 벗어남으로 가능한 것으로 보인다(물론 체험의 실체 또는 삶의 진실이 무엇인가는 다시 문제가 된다).

근대화를 시작할 무렵 전통적 사회를 넘어 근대로 나아가고자 할 때 우리 사회에서 많이 쓰인 말에 허례허식(虛禮虛飾)이라는 말이 있다. 그것은 전통사회에서 굳어진 의례의 공소(空疎)함을 지적하고 이것이 타파되어야 한다는 것을 말하는 것이었다. 그리하여 소설이나 시의 시작은 의식화(儀式化)된 감정과 행동을 벗어나서 개인적 경험, 무엇보다도 개인적 감정의 확인을 요구하는 사회적 명령에 반응하는 일이었다. 자유연애와 같은 것은 개인의 감정과 결단의 존중으로써 가능해지는 새로운 경험이었다. 물론 그러면서 자유연애도 사회적으로 발전되고 허용되는 경험의 양식이라고 하겠지만, 그것은 그 나름으로 공허해진 사회적 행동방식을 꿰뚫고 어떤 진실에 이르는 방법이었다고 할 수 있다. 그러나 내면의 관점에서도 절실하게 되는 진실이 참으로 공동체적 의례의 붕괴로만 얻어지는 것일까? 공동체적 삶의 붕괴가 원인이라고 하더라도, 그것으로 하여 대두하는 개인의 내면성은 그 나름으로 공동체적 의례로서는 밝힐 수 없는 진실을 밝히는 데에 기여하는 것이 아닐까? 아마 감정을 포함하여 주관적 체험의 근본적 의미는 그것이 역설적으로 진실 — 객관적 진실에 이르는 방법이라는 데에 있다.

감정의 주체성
—

위에서 말한 바와 같이, 개인의 주관적 체험에서 주요한 것은 감정이다. 연애는 어떤 감정 상태를 떠나서 생각하기 어렵다. 그러나 그것은 단순히 감정 현상이 아니다. 연애는 삶의 결단을 나타내는 것이기도 하다. 그것은 어떤 감정을 주체적 자기주장의 동기로 수용함으로써 일어나는 현상이다. 그러면서도 감정과 주관이 개입한다고 하여 그것을 반드시 주관적인 것이라고만 할 수 없다.

감정과 현실
—

이와 관련하여 우리는 전통적으로 동양의 사고에서 '정'(情)의 뜻이 어떤 심리 상태만을 가리키는 것이 아니라는 것을 상기할 수 있다. 미국의 중국철학 연구가 채드 핸슨은 동아시아의 사상에서 정(情)의 의미를 설명하면서, 정(quing, 情)이라는 단어에 영어로 'reality input'(현실 입력), 그리고 'reality response'(대현실 반응)이란 토를 달아 그 뜻을 서양어에서 감정을 표현하는 말과 구분하여 말하려 한 일이 있다.[*] 이러한 해석에 들어 있는 감정의 현실성은 지금도 '정보'(情報), '사정'(事情), '정세'(情勢), '정황'(情況) 등에서 볼 수 있다. 물론 정은 흔히 말하는 감정이다. 그리고 '감정적'이라고 말할 때에 짐작할 수 있는 것처럼 객관적 인식에서 벗어난 심리적 격앙 상태를 지칭하는 수도 있다. 그러나 어떤 경우에도 그것이 사람이 현실과 대응하는 어떤 심리적 기능을 말하는 것임은 틀림이 없다. 그리고 흥미로운 것은 그것이, 사정, 정세 또는 정황이라는 말들에서 짐작할 수 있는 바와 같이, 막연한 느낌을 말한다는 것이다. 그것은 순수한 우리말에서 '낌새'라는 말에 비슷하다. 이것은 느낌으로 판단되는 형상, 모양새를 말하는 것일 것이다. 그러면서 이 형상은 짐작되는 전체성을 암시한다. 정이라는 글씨가 들어가는 앞에 언급한 말들도 전체적 상황을 말한다.

여기에 추가하여 우리가 주의할 수 있는 것은 감정은 주체가 없이 존재할 수는 없다는 점이다. 연애의 감정이 그것을 느끼는 개인의 결단—즉, 삶의 방향에 관계를 갖는다는 것은 이미 말한 바와 같다. 정보나 정세를 현실 입력 그리고 그에 대한 반응이라고 할 때, 여기에 일정한 관점이 상정된다는 것을 생각할 필요가 있다. 정보는 내가 반응해야 하는 사태를 전해준다. 정세도, 세(勢)의 의미에 이미 함축되어 있는 바와 같이, 나의 전술적 움직임에 참고해야 하는 현실의 모양을 말한다 (세는 프랑수와 줄리앙의 해석에 따르면, 손자병법에서, 전술에서 그리고 보다 일반적 중국적 현실관에서 핵심적 개념이다. 그것은 현실을 전술적, 전략

• Chad Hansen, "Quing(Emotions) 情 in Pre-Buddhist Chinese Thought," in Joel Marks and Roger T. Ames(eds.), *Emotions in Asian Thought: A Dialogue in Comparative Philosophy*, 1995, Albany, N. Y.: State University of New York Press.

적인 관점에서 접근할 때, 참고해야 하는 전체 상황을 가리킨다).•

물론 군중집회의 감정과 같은 것은 반드시 일정한 주체적 관점을 숨겨 가진 것이 아니라고 할지 모른다. 그러나 많은 경우 군중들의 열광은 개인적 주체가 집단적 주체에 통합된 경우라고 할 수 있다. 이것은 군중의 격양된 감정이 쉽게 집단의 공격적 행동의 단초가 된다는 사실에서 단적으로 드러난다.

감정의 인식 기능
—

다시 한 번 주목할 것은 감정이 현실과의 관계에서 가지고 있는 인식론적 기능이다. 공동체적 의례가 체험을 보존하고, 거기에서 그 감정적 내용의 유지가 중요한 부분을 구성한다고 할 때, 그것은 체험과 감정이 또는 어떤 감정적 체험이 주관적 관점에서만이 아니라 현실 관련이라는 점에서도 인간의 현실 참여를 넓고 깊은 것이 되게 하기 때문이다. 그런 의미에서 체험과 감정은 현실 인식의 통로이고, 그것은 여러 가지로 심화될 수 있다. 그리고 이 심화는 공동체의 한계를 벗어남으로써 도움을 받을 수도 있다.

칸트는 인간의 정신능력을 3가지로 말한 바 있다. 그중 인식능력은 말할 것도 없이 지적 능력이다. 그 다음 감정의 능력은 사물에 접하여 좋고 나쁜 것을 느끼고 판단하는 능력을 말하지만, 여기에서 좋고

•   Françs Jullien, 1992, *La Propension des choses: Pour une histoire de l'efficacit en Chine*, Paris: Gallimard 참조.

나쁘다는 것은 전체적 조화(Übereinstimung, harmony)의 측면에서 좋고 나쁜 것을 말한 것으로서, 그것은 판단력의 기초가 된다. 그러면서 이 조화(調和)는 인과법칙에 밀접한 관계를 가지고 있는 것으로서, 판단력은 구체적인 사물의 전체적 연관을 인지하는 데 필수적인 인간의 정신 능력이다. 그리고 이 호오(好惡)의 감정은 욕망으로 이어진다. 그런데 칸트의 생각으로는 욕망의 능력(Begehrungsvermgen)은 최선의 상태에서는 도덕적 명령에 따라서 행동할 수 있는 능력을 말한다. 그것은 마음속에 있는 아이디어나 이미지나 계획에 따라서 행동할 수 있는 능력을 말하는데, 여기에 호오나 쾌락과 같은 것이 동기로 섞일 수 있지만, 궁극적으로 그것은 자유로운 자기실현의 의지의 움직임이다. 그리고 칸트의 생각으로는 이것은 도덕적 이성의 명령에 따른다.

이러한 능력들은 인간이 현실관계의 교량이 되는 능력들이다. 이러한 인간의 능력 — 3가지로 나누어 생각되는 능력에 대한 탐구는 말할 것도 없이 칸트의 3개의 비판서에서 더 자세하게 이루어지는 것인데, 그중에서도 가장 중요한 것은 순수이성에 대한 비판서이다. 그것은 지적 인식의 근거를 밝히면서도 그것의 한계를 말한 것이다. 한계가 있다는 것은 인간의 지적 인식이 인간의 이성의 능력과 별개로 존재할 수 없고, 그러니만큼 이성적 탐구, 결국 과학적 연구가 될 수밖에 없는 이성적 탐구도 있는 그대로의 현실을 드러내줄 수는 없다는 것을 시사한다. 이것은 다른 두 가지 능력, 심미적 판단의 능력이나 실천적 능력에도 그대로 해당시킬 수 있는 일이다.

3 인간 실존의 존재론적 뿌리

한계/방법론적 절단/전체
—

다시 말하여, 현실을 대하고 그것에 작용할 뿐만 아니라 그것을 파악하려고 하는 노력은 다원적이다. 그것은 궁극적으로는 지적인 파악의 노력이라고 할 것이지만, 그것은 인간의 정신생활에서 사물에 관계되어 일어나는 감정이나 도덕적 의무감도 이 능력의 다른 부분이다(사실 이 후자의 능력은 현상 자체를 일어나게 하는 것이면서, 동시에 그것을 반성적으로, 즉 지적인 파악 속에서 내면화하는 능력이다). 그러한 인간능력의 인지력을 간과하는 것은 삶의 진실의 파악을 위한 노력을 충분히 고려하지 않는 일이다. 물론 보다 본격적인 지적 능력이나 마찬가지로 체험과 감정의 지적 기능도 한계를 가지고 있다. 이것도 대상으로부터 완전히 벗어나는 것은 아니면서, 그것에 고유한 한계를 갖는다. 대체로 이 한계는 스스로 의식의 대상이 되지 않는다.

일상생활에서 사람들이 사물을 대할 때 대체로 거기에는 일정한 의도나 전제가 들어 있게 마련이다. 그리고 다시 그 배경에 세계에 대한 전제가 들어 있다. 그것이 의도와 행동 그리고 인식을 조건짓는다. 그런데 일상생활의 무반성적 접근이 아니라 보다 고양된 의식적 접근에서도 대체로 비슷한 조건과 한계들이 작용한다. 학문은 많은 경우 스스로의 한계와 방향과 전제를 분명히 하는 데에서 시작한다. 그러나 역설(逆說)은 한계를 정의함으로써 현실 자체 그리고 현실 전체를 설명하고 이해할 수 있는 것이 된다는 것이다. 물론 이때 한계는 그렇게 인식

되기보다는 방법론적 절차로 생각된다. 그리하여 그것이 삶의 총체를 절단(切斷)하는 것이라는 것을 자각하지 못한다. 사물에 대한 과학적 접근이 과학이 정형화하는 개념과 법칙의 관점에서 미리 결정된다는 것은 새삼스럽게 말할 필요도 없다. 그러면서 그것으로써 현실 전체를 설명하고자 한다. 또 그것이 가능해지는 것처럼 보인다. 그것이 가능하다는 것이 현실에 대한 가정이다. 결국은 구체적 사물에 대한 과학적 관심은 과학 이론의 전체적 퍼스펙티브하에서만 정당화되고 통제된다. 물론 거꾸로 현실에 대한 과학의 이론은 구체적인 사물에 대한 실험적 관찰을 통해서 보완되고 수정된다. 이것은 다시 말하여 결국 그 현실에 대한 접근이 일정한 전제 속에서 일어난다는 말이다.

인간 생존의 일반적 문제로 되돌아가건대, 사람이 사는 현실 생활은 과학이나 학문적 접근에서처럼 방법론적 반성이 없으면서도 그 나름의 현실에 대한 전제 속에서 움직인다. 인간의 마음에 저절로 작용하는 이러한 한계와 영역화(領域化)를 보다 분명하게 하려는 것이 일상생활의 사회학이고 이것을 조금 더 법칙적으로 추상화하여 일반화하는 것이 여러 사회과학적 기획이라고 할 수 있다.

인간의 평상적 행동과 관련하여, 현실적으로 자명하지 않으면서도 별도의 법칙 또 규범을 도출할 수 있는 초월적 세계가 있느냐 하는 것은 철학이나 윤리학에서 영원한 과제라고 할 수 있다. 도덕률이 어떻게 인간의 삶의 현실 ― 개인적 현실 그리고 사회적 현실에 작용하느냐를 규명하는 데에는 어려운 학문적 반성이 필요하다. 물론 쉽게는 그러한 도덕률은 사실적 근거가 불분명한 독단론, 그러니까 현실적으로는 권위주의적 권력의 결정에서 나오는 것이라고 말하는 것이다. 그러나 권위주의적 사회공간을 포함하여, 공적 공간에서의 사회 행동이 일정한 도덕적 수사에 의하여 정당화되는 것은 너무 자주 보는 일인데, 그것이 사실적 인간성 그리고 그것의 초월적 법칙의 세계와의 연관을 떠나서 설명할 수 있다고만은 할 수 없다.

전체에 대한 물음
—

이런 것들을 생각해보는 것은 다시 한 번 인간의 현실에 대한 접근이 부분적이고 한계를 갖는 것이라는 사실을 확인하는 일이다. 그러면, 인간의 현실에 대한 접근 — 행동적, 인식론적 접근이 보다 전체적인 것이 될 수는 없는 것일까? 물론 인간의 현실에 대한 접근이 인간적인 것일 수밖에 없다는 것은 토톨로지(tautology, 동어반복)이면서 자명한 사실이다. 그러면서도 부정할 수 없는 것은 부분성에도 불구하고 부분적 접근도 역시 현실에 닿아 있다는 사실이다. 그리하여 현실 그 자체 그리고 그 전체에 이르는 것은 이 부분적 접근의 심화를 통해서 이루어질 수 있다고 할 수도 있다.

그런데 이것을 더 깊이 생각하기 위해서는 다른 한편으로 현실 그것, 그 전체에 이르는 것이 어떠한 의미를 갖는 것인가를 물어볼 필요가 있다. 사람은 어찌하여 있는 대로의 현실 그리고 그 전체를 알고자 하는 것인가? 되풀이하여 말하지만, 제일 간단한 답은 현실의 전체적 파악이 생명 보존과 안전 그리고 그것을 위한 전략을 위해서 필요한 것이다. 사실의 정확한 파악이 없이는 사람이 직면하는 현실에 대하여 적절하게 반응하고 그에 작용하는 일은 불가능할 수밖에 없다. 여기에서 중요한 것은 가장 근본적으로는 충실하고 충만한 감각이다. 그러나 그것은 동시에 이성적 구도 속에 편입될 수 있어야 한다. 이 구도는 행동적 의도가 요구한다. 현실에 최소한의 합리성이 없이는 행동과 작용은 불가능할 것이기 때문이다. 그러나 이러한 구도가 반드시 그러한 실용성에만 관계된다고 할 수는 없을지 모른다. 지각(perception)은 심리학에서 감각(sensation)이 사람의 인지능력에 의하여 조직화되기 시작한 결과를 말한다. 그것은 형상화를 포함한다. 그것은 감각에 비친 것을 사물에 대한 정보로 바꿀 수 있다. 그러나 지각에 나타나기 시작하는 형상이 단순히 정보화의 수단으로서의 기능만을 갖는다고 할 수는 없다. 게슈탈트 심리학에서 말하여지듯이 지각은 결국 세계의 형상적 파악의 기초가 된다. 세계의 심미적 감식과 이해의 기초도 마찬가지라고 할 수 있다.

　　이러한 관찰과 관계하여 우리의 물음은 사람이 어찌하여 사물의 현실의 정확한 파악과 함께 전체를 알고자 하는가 하는 데로 되돌아간다. 그리고 그에 대한 답은 생물학적 이해타산만으로는 설명할 수 없는 인간의 본능 또는 희망을 나타낸다고 할 수 있지 않을까 한다. 그렇게 말하면서 우리는 인간이 생물학적 사회적 존재이면서 동시에 철학적 형이상학적 존재라는 것을 인정하지 않을 수 없다. 전체를 안다는 것은 존재하는 모든 것을 안다는 것이다. 그리고 그것은 불가피하게 그것들을 일관하고 있는 형상 그리고 법칙을 파악한다는 것을 말한다. 그리하여 그것은 하나가 된다. 이 일관성과 전체성은 단순히 사실적 차원에서는 확인될 수 없다고 하여야 한다. 그리하여, 이미 앞에서 시사했던 대로, 플라톤의 이데아 그리고 그것이 변함없이 존재하는 세계는 오늘날까지도 관심의 대상이 된다(가령, 이것은 수리물리학자 로저 펜로즈의 저서들에서 중요한 주제의 하나이다). 그런데 이 관심은 이미 사람의 호기심, 그것의 형이상학적 확대 속에 드러난다고 할 수 있다.

　과학의 동기를 현실의 기술적 지배나 통제에 있다고 할 수 있지만, 무한소, 무한대에 대한 호기심과 연구가 반드시 이러한 동기만으로 지속된다고 할 수는 없을 것이다. 또는 예술의 경우, 감각적 체험의 형상적 공간적 재구성의 노력이 없이 예술을 생각할 수 없다고 할 때, 그것으로 인하여 가능하게 되는 세계에 대한 심미적 체험을 반드시 실용적 의미의 관점에서만 평가할 수는 없다. 현실의 전체적 파악에 실용적 필요가 들어 있는 것도 확실하지만, 자신이 사는 세계를 실용을 넘어가는 전체성으로 확인하고 그것이 이 전체성의 일부라는 것을 느끼는 것은 가장 근본적인 인간적 소망이 아닌가 한다. 이것은 자기 존재의 뿌리에 대한 느낌을 확인하고자 하는 본능—본능이면서 인간 심성의 형이상학적 솟구침에 관계된다.

존재의 진리
—

　하이데거는 인간존재—거기 있음으로서의 인간존재의 특성을 사물의 사실적 존재(ontisch)에 대조하여, 존재론적(ontologisch)이라고 정의한 일이 있다. 즉, 자신을 전체적 테두리에서 되돌아보고 다시 거두어들이고자 하는 존재라는 것이다. 그에게 철학의 근본문제는 이 전체적 존재의 진리를 드러내고자 하는 노력이다. 그러한 노력의 소산이 존재론이다. 여기에서 존재는 "실재하는 사물의 전부"(das All der Seienden) 또는 추상적 개념으로 종합될 수 있는 것들 전부가 아니라, 존재 자체이다. 그것은 개념화되고 추상화되는 존재에 선행하고 그것의 바탕이 된다. 개념적으로 파악되는 존재는 그 나름의 영역을 구성하고 이것도 구체적인 사물의 파악에 선행한다. 개념적 명증(明證)이 없다 하여도, 일정한 종류의 사물들을 정의하는 부분적이고 지역적인 존재론(regional ontology)이 있을 수 있다.

그러나 하이데거는 물론 존재론의 논의까지도 넘어가는 ― 모든 것을 넘어서는 바탕에 존재 자체가 있다고 생각한다. 그의 생각에는, 그것은 스스로를 드러내면서 동시에 스스로를 감춘다. 드러난 모습이 진리다. 그러나 그 진리는 그대로 진리로 남아 있을 수 없다. 존재의 진리는 드러나면서 감추어진다. 그러나 일단 드러난 존재 ― 그러면서 존재 자체를 떠난 존재는 역사적으로 사실적으로 설정된 존재의 방향과 구역의 바탕이 된다. 그리하여 모든 개념과 표상의 모태가 된다. 이것은 역사적 지평을 이루면서도 반드시 근원적 존재에 일치하는 것은 아니다. 이 근원적 존재는 늘 새롭게 갱신되어야 한다("Über das Wesen der Wahrheit" 참조).

존재의 진리와 오류
―

존재가 어떻게 드러나고, 인간이 그것을 체험하게 되는가는 ― 하이데거의 철학적 노작의 많은 부분이 거기에 바쳐져 있지만 ― 분명한 방법이 있는 것으로 보이지는 않는다. 일반적으로 말하여, 존재의 진리, 그것의 드러남 속에 있다는 것을 아는 것은 초월의 세계의 진리에 대한 종교적 깨우침에 비슷한 것이라고 할 수도 있다. 그러나, 동시에 사람은 그것을 벗어나간 경우에도 결국 그 안에 설정된 구역적 존재의 지평에 있다고 할 수 있다. 사람이 존재의 진리를 벗어난다고 하여 자신의 근본인 존재의 바탕을 떠나서 존재할 수 있는가? 그리하여 하이데거는 여러 곳에서 존재의 진리에 이르는 길은 역사적으로 그로부터 벗어난 '잘못 든 길'(das Irre)로부터도 찾아져야 하고 그것이 유일한 길일 수도 있다고 말한다. 존재의 진리는 잘못에도 이미 들어 있는 것이다. 잘못의 경우에 못지않게 부분적 진리 — 가정된 진리의 경우도 그렇게 볼 수 있다. 이미 말한 바와 같이 실용적 관점에서나 학문적 관점에서 사람과 현실의 관계가 부분적인 것이 될 수밖에 없다고 하더라도, 그러한 부분적 관계도 이미 현실 그 자체와의 관계가 없이는 존재할 수 없다고 하여야 한다.

일상적 삶/삶의 느낌/존재
—

그러면서 이 부분적 존재에도 스스로를 넘어서 전체를 지향하는 것이 있다. 부분적이라는 것은 실용적 또는 학문적 관점과 영역화를 말하기도 하지만, 사람의 일상적 느낌의 어떤 부분을 말하기도 한다. 앞에서 우리는 동아시아의 말 가운데, 정(情)에 대하여 언급한 바 있다. 정은 현실에 대한 주관적 반응이면서도 어떤 상황의 전체에 대한 느낌을 나타낸다. 하이데거는 존재 전체에 대한 느낌으로서 권태, 기쁨, 행복 등의 '기분'(Stimmung, Befindlichkeit)의 중요성을 말한 바 있다. 그것은 어떤 대상에 대한 개인의 행동적, 심리적 반응이나 정향을 표할 뿐만 아니라 "사람이 사물들의 전체 속에 있으며, 그에 의하여 삼투되어 있다는 것"을 말하여주는 것이다. 그리하여 현실 존재들의 전체를 알리는 "감정의 상태는 우연한 사건이 아니라 [거기 있음으로서의] 인간 존재(Dasein)의 바탕이 되는 현상이다."•

과학적 탐구와 경외감 / 존재와 인간
———

물론 하이데거가 생각하는 것처럼, 존재의 전체가 반드시 이러한 감정의 체험을 비롯하여 주관적 체험으로 감지될 수 있다는 것은 조금 지나친 주장일지 모른다. 앞에서 이미 말한 바 있지만, 과학은 소립자(素粒子)로부터 우주의 끝까지를 밝히는 유일하게 신뢰할 수 있는 방법이라고 할 수 있다. 그것을 추진하는 힘은 거대한 우주에 대한 호기심이라고 할 것이다. 그리고 이 호기심은 많은 경우 경외감에 이르러 정지한다. 또 경외감은 존재 전체에 이르고자 하는 형이상학적 동기의 다른 표현이라고 할 수도 있다. 이 모든 현상은 우주론적 추구가 인간의 주관적 느낌과 관련되어 있다는 것을 말한다. 하이데거의 존재론에서 세계가 반드시 인간의 주체성에 대립하여 파악된다고 할 수는 없지만, 그가 그것을 인간 존재와 무관계한 것이라고 생각하는 것은 아니다. 존재가 스스로를 드러내는 것이 진리라고 한다면, 사람은 그 진리의 열림의 공간(das Öffene)에서 자기를 확인한다. 이런 의미에서 사람은 진리에 대한 증인이라고 할 수 있다. 그리고 이 증인의 끊임없는 물음이 없이는 진리는 존재하지 않고 존재도 드러나지 않는다고 할 수 있다. 그

———

• Werner Brock, 1968, "hat is Metaphysics?" in *Existence and Being* (eds.), Chicago: Henry Regney, Gateway Edition, p.334.

리하여 사람은 진리의 담지자이다.

내면성과 존재의 진리

이렇게 보면, 앞에서 문제로 삼았던 인간의 내면적 체험은 단순한 주관적 체험이라고만 할 수는 없다. 그것은, 기분이 그러한 것처럼, 심리 속에 일어나면서, 존재의 열린 공간 속에 일어나는 사건이다. 인간의 내면성의 탐구는, 그것을 심화할 때, 존재의 탐구의 길이 된다. 결국 인간은 존재의 열림 속에 존재하고, 내면의 깊이로 내려간다는 것은 그 존재의 근본으로 내려간다는 것을 말한다. 사람의 마음을 헷갈리게 하는 여러 외면적 사건과 정보에도 불구하고 사람은 사람이 뿌리를 내리고 있는 바탕을 떠날 수 없다. 그리하여 사람의 행동과 생각은 이 바탕이 부과하는 한계 안에 있다. 사람이 늘 그렇게 의식하는 것은 아니지만, 마음을 떠나지 않는 살아있다는 느낌은 곧 이 바탕에 대한 느낌이다. 많은 삶의 일화들이 이 느낌에 어떻게 이어지는가를 가늠하는 것이 시(詩)라고 할 수 있다.

양심

그러나 존재의 바탕을 떠나는 일은 늘 일어나는 일이므로, 더러는 그 바탕에서 오는 부름을 특히 분명하게 듣는 경우가 없지 않다. 양심은 이 바탕의 존재를 극적으로 통보해오는 소리이다. 하이데거는 양심은 외적인 여러 유혹으로부터 자기자신(Selbst)으로 돌아오라는 부름이라고 하고 그것은 "자기존재의 최선의 가능성"의 부름이라고 한다(《존재와 시간》). 소크라테스는 자신으로 하여금 어떤 행동을 단호하게 거부하게 하는 다이몬(Daimon)이 자신의 마음 안에 존재한다고 말한 일이 있지만, 어떤 금기를 환기하는 마음의 명령이 양심이라고 한다면, 그것이 반드시 최선의 가능성을 향한 부름이라고 할 수는 없을는지 모른다. 이 경우에 양심은 전진이 아니라 후퇴를 명령하는 것이기 때문이다. 어떤 경우에나 틀림없는 것은 사람의 마음에 인간 생명의 바탕이 되는 존재의 진리를 상기시키는 어떤 움직임이 있다는 사실일 것이다. 반드시 이것이 앞에 나오는 것은 아니라도 문학 작품의 한 보이지 않는 동기가 되는 것이 양심 또는 인간 존재의 구역을 만들어내는 지역적 존재론의 지평 또는 그것보다 깊은 존재의 근본에로의 회귀라고 할 수 있을 것이다.

Ⅲ 글쓰기에 대하여 — 어떤 개인적 동기

무궁화 이야기

—

개인적인 이야기가 되어서 말하기 주저되는 것이기는 하지만, 글쓰기와 관련하여 어릴 때의 일로 잊히지 않는 사건이 있다. 해방이 되고 얼마 되지 않아서, 국민학교 시절 어떤 글쓰기를 한 일이 그것이다. 소재는 무궁화였다. 우리는 해방 후에 '눈에피꽃'이라고 부르던 꽃의 이름이 무궁화라는 것을 처음으로 알게 되었다. 무궁화 울타리가 있는 곳을 지나면서, 마침 피어 있는 무궁화를 한 송이 따 가지고 가려 했는데, 끈질긴 줄기가 쉽게 끊어지지 않았다. 결국 끊어내기는 했던 것 같은데, 작문 시간에 이것을 소재로 하여 글을 썼다. 글의 요지는 무궁화가 쉽게 끊어지지 않을 것으로 하여 우리 민족의 끈질기고 강한 힘을 깨닫게 되었다는 것이었다. 이 글을 제출한 다음에 나는 곧 이 글의 억지스러움, 그 거짓됨을 느끼게 되었다. 그리고 그것 때문만은 아니었겠지만, 그러한 글에 대한 혐오감을 본능적으로 가지게 된 것은 이때 썼던 글로부터가 아닌가 하는 생각이 든다.

그런데 이 글의 서두에 말한 것처럼 모든 글이 그러한 가능성을 가진 것이라면, 글을 쓴다는 것은 무엇을 뜻하는가? 이 글의 맨 처음에 이러한 문제를 생각해보려고 한다고 한 것은 이러한 경험과도 무관계한 것은 아니었을 것이다. 즉, 글이 경험의 왜곡을 피할 수 있는가 하는 것이 문제제기의 동기라고 할 수 있기 때문이다.

억지스러운 비유나 우화(寓話)는 대체로 역겨운 느낌을 준다. 상투적인 이야기, 구절, 개념들도 마찬가지이다. 나는 유럽의 어떤 필자가 많은 정치 지도자들의 연설이나 발표문을 마치 "상투적인 말들과 개념들을 레고처럼 쌓아가는 것과 같다"고 비하(卑下)하는 것을 읽은 일이 있다. 교훈적 이야기나 설교도 비슷한 혐오감을 주는 언어사용의 예일 수 있다. 도덕적 교훈이라는 것은 대체로는 지겨운 것이라고 할 수 있지만, 그런 이야기를 하지 않을 수 없는 그럴 만한 이유가 없는 것은 아닐 것이다. 그러나 교훈이 지겨워지는 것은 어쩔 수 없다. 교훈은 사람을 가르치려고 하는 것이기 때문에, 그것이 아무리 가볍다고 하더라도 지배하려는 의지를 드러내고, 그것이 교훈을 지겹게 하는 하나의 이유라고 할 수 있다. 또 하나의 이유는 그것이 상투적인 것이기 쉽다는 사실이다. 그것은 새로움의 매력이 없다. 그래서 레고 쌓기에 비슷하게 된다.

이에 대하여 새롭고 진정한 내용을 가진 교훈은 그 나름의 감동을 줄 수 있다. 톨스토이의 우화들은 여기에 속한다. 지나치게 잔꾀를 강조하지만, 이솝 우화가 수천 년의 인기를 누리는 것도 창의적이고, 추상화된 우의에도 불구하고 경험적 사실성을 가지고 있기 때문일 것이다.

설교 기계

—

젊은 세대의 방황과 오늘의 현실을 아이러니를 가지고 또 풍자적으로 그리는 데 뛰어난 시인 황병승 씨의 시에 〈목책 속의 더미(dummy)들〉이라는 것이 있다. 이 시는 설교하는 사람들을 기계에 비교한다. "아저씨들은 설교를 하지요. 하나같이 한번 설교를 시작하면 그칠 줄을 모릅니다. 일단 머릿속에 빨간 불이 들어오고 나면, 아저씨들은 곧장 설교 기계가 되어 버리니까요." 이러한 설교의 시작은, "네가 아직 뭘 몰라서 그러는가 본데…"라고 이 시는 말한다. 그리고 설교는 "정말로 완전히 배터리가 나갈 때까지 계속된다"고 한다. 그러니까 이러한 설교를 하는 사람들은 다른 사람들을 낮추어 보고 또 기계처럼 상투적인 말을 나열하는 것이다. 시인은 설교자를 '어른' 아닌 사람, 어린 아이와 같은 사람이라고 한다. 더 적절한 묘사는 제목이 말하는 것이다. 설교자는 멀리 보는 사람들이 아니고 목책 속에 갇혀 있는 사람으로서 '더미', 곧 바보이고 무더기로 다수 대중에 사로잡혀 있는 사람들이다.•

체험, 사실, 진실, 형식, 존재

—

그런데 이러한 설교 기계에 나오는 말들은 우리 주변에서 한없이 울려 퍼지는 소리들이다. 학교 교육에서 그렇고 정치계에서 그러하다. 다만 요즘의 학교에서는 교훈이 다분히 처세술과 인생살이의 요령으로

•   황병승, 2013,《육체쇼와 전집》, 문학과지성사.

옮겨지는 것으로 보인다. 서두 부분에서 언급한 것이지만, 인격의 훈련이 금전적 보상을 받는 데에 한 역할을 할 수 있는 '인격술'이 되는 것이 오늘날이다. 그렇다고 이것을 모두 나무랄 수는 없다. 인격술은 좋게 볼 수 없지만, 도덕과 윤리의 교육은 필수적이라 할 수밖에 없고, 문제는 그것이 어떻게 진실한 것이 될 수 있느냐 하는 것이다. 정치 담론의 지겨운 상투성도 어느 정도는 같은 관점에서 생각해 볼 수 있다. 특히 정치의 경우에 그러하지만, 중요한 것은 상투화될 수 있는 구호와 교훈을 경험적 사실로 다시 살리는 일이다. 그러나 그것이 얼마나 쉽지 않은 일인가를 생각해본 것이 앞에 말한 것들이다.

앞의 이야기들을 되풀이해 보면, 나는 사실을 글에 담는다는 것은 불가피하게 구체적인 것을 큰 테두리에 포섭하는 일이라고 말하였다. 그런데 그 방법에는 사실을 나열하는 것이 있고, 개인적 체험을 서사적으로 펼쳐 보는 일이 있다. 체험으로서의 사람의 삶을 되찾는다는 것은 그것을 일관성 속에서, 그러기 때문에 일단의 전체성의 암시 가운데 삶을 구성하는 것이다. 사실적 관점에서 사람의 삶을 파악하는 것은, 적어도 그것이 체계적 노력이 될 때, 인간의 환경적 조건 전체를 밝히려는 작업이 된다. 그러나 그것은 인간을 완전히 외적 조건에 지배되는 또 하나의 사실로만 보는 것이 되기 쉽다. 인간의 사실화는 가장 초보적인 관점에서의 인간의 직관—느끼고 생각하고 행동하는 주체로서의 인간의 직관에 어긋나는 것이다. 적어도 해명을 요구하는 것은 이러한 자유와 자발성의 느낌과 가능성이 어떻게 생기는가 하는 것이다.

그런데 이러한 내면적 그리고 외면적 조작(operation)은, 어느 쪽이든지 간에, 전체를 말하는 것이 아니라 부분을 말하는 것이 되고 만다. 그것은 현실의 분열을 전제한다. 벤야민은 이러한 분열이 공동체적 의례가 붕괴된 결과라고 한다. 체험의 공인(公認)과정이 없을 때, 그것은 순전히 주관적 상상의 조작물이 된다. 다른 한편으로 새로이 강조되는 사실은 사람도 외면적 조종의 대상물이 되게 한다. 그에 따라 많은 사람들은 자신에 덮쳐 오는 사실을 자신 나름으로 조종하여야 한다는 강박을 갖는다. 그 관점에서 사실의 많은 것은 일관성이 없는 정보로 전락한다(물론 그것은 조종되어야 하는 사실 체계의 일부이기도 하다). 그렇게 의식하지 못하지만, 적어도 정보는 사실을 대하는 주체가 무반성적인 자기중심적 존재가 되었다는 것을 말한다. 집단적으로 중요한 정보의 경우도 삶의 사실을 대하는 태도의 중심에 집단적 이기심을 전제할 때, 의미 있는 것이 된다. 이 집단 이기주의의 관점에서 외면 세계는 전략적 조종의 대상이다.

내면의 세계

외면 세계의 상승과 더불어 주체는 별도로 체험 세계를 만들어 낸다. 그것의 근거지는 내면이다. 내면의 성장은 소외의 표현이다. 동시에 인간 존재의 심화를 매개하는 수단이 되기도 한다. 그러나 인간 세계는 그것이 소외의 결과이든 아니든, 주체적 체험과 외면적 사실을 가진 세계이다. 삶의 필요는 이것이 조건이 되게 하고 또 그것을 요구한다. 중요한 것은 단순한 삶의 체험적 실감을 재확인하는 것도 아니고 사실적 세계를 적절하게 전략적으로 조종하는 것도 아니다. 사실적 세계를 떠나서 삶의 보람이 어디에 있겠는가? 그것 없이 삶은 미몽(迷夢)에 불과하다. 또는 세계의 현실이 삶의 보람을 떠난 사실들만으로 이루어진다면, 삶의 의미는 어디에서 찾을 것인가?

사람이 원하는 것은 삶의 진실이다. 내적 체험의 심화의 참 의미는 그것으로 구상될 수 있는 자기탐닉(自己耽溺)의 세계가 아니라 삶의 진실에 이르는 새로운 길을 가리킬 수 있다는 데 있다. 체험은 예술을 통하여, 아니면 재구성의 노력을 통하여 구성된다. 구성적 노력은 경험을 형식적 균형 속에 포착한다. 그럼으로써 경험은 그 의미 있는 모습을 드러낸다. 형식적 구성의 바탕에는 주체가 펼치는 캔버스가 놓여 있다. 그것은 사실들에서 형식을 포착하기도 하고 형식을 창조하기도 한다. 그것이 지시하는 것은 초월적으로 존재하는 형상의 세계이다. 그러나 예술이나 체험의 현실에 비추어 볼 때, 이 세계는 구체적 사물과 사건 속에 삼투되어 있다. 이 관점에서 볼 때, 이 초월적이면서 현실적인 세계가 현현(顯現)하고 있는 것은 존재하는 모든 것을 포괄하고 있는 존재이다. 이 존재의 진리는 체험의 세계를 넘어 형이상학적, 철학적 탐구의 대상이 될 수 있다. 존재의 진리 또는 진실은 사실의 세계를 넘어 열리는 것이면서 사실 세계의 근본이 된다. 그러면서 사람은 이 존재의 열림에 참여한다. 그런 의미에서 사람은 형이상학적 존재이다. 어쩌면 인간의 삶은 깊은 내면의 체험, 학문적 탐구, 형이상학적 명상을 통하여서만 완성될 수 있다[또는 장자(莊子)의 지혜를 빌리면, 기술의 연마야말로 진실에 이르는 현실의 방법이다].

일상적 삶의 풍요
—

그러나 사람의 삶은 어떤 경우에나 존재의 밖에 존재하는 것이라고 할 수는 없다. 이 존재에 뿌리를 내리고 있는 것이 사람의 삶이다. 그것은 일상적 삶의 경우에도 그러하다. 그리고 일상적 삶은 학문적 집중이 요구하는 삶의 협소화를 넘어 또 다른 가능성의 넓이를 갖는다. 이것은 순수한 삶의 풍요와 기쁨의 현실과 전망을 말한다. 학문적, 관조적, 명상적 삶은 일상적 삶의 타락으로부터의 구원을 찾는 노력이라고 할 수 있다. 그러면서 삶을 위한 하나의 지주가 된다. 이 삶은 건전한 일상적 삶을 포함한다. 좋은 삶을 위한 보이지 않는 지주가 아니라면, 명상적 삶(vita contemplativa)이 구원의 방도가 될 수 없을 것이다.

말, 소통
—

그러나 명상은 삶을 단순화한다. 그러지 않고는 그것이 좋은 삶을 위한 수단이 될 수가 없을 것이다. 단순화를 통하여 그것은 삶을 하나로, 하나의 전체성으로 볼 수 있게 하고, 스스로의 삶의 정향(定向)을 도울 수 있다. 그러나 단순화는 단순화이면서 동시에 단순화하라는 시사와 명령을 내포한다. 앞에서 말한 바와 같이 이것은 모든 언어적 표현에도 함축되어 있는 의도이다. 앞에서 나는 정언적 명제가 포섭(subsumption)의 당위를 요구한다고 말하였다. "너희가 이런 이런 것을 아느냐"하는 말, 또는 앞에서 언급한 시에서 이야기되는 것처럼 "네가 아직 뭘 몰라서 그러는가 본데…"하는 말에 들어 있는 것처럼, 정보를 포함한 지식의 주장은 많은 경우 자만감과 압박을 내포한다.

흔히 언어는 소통의 수단이라고 말하여진다. 이것은 특히 직접적으로 주고받는 언어의 경우에 그러하다. 가장 순수한 예는 인사말의 교환에서 보듯이 언어가 정서적 교환의 기능(pathic function)을 수행할 때일 것이다. 그러나 소통은 물론 의견의 교환을 가리킨다. 그러나, "그 사람은 소통이 되지 않는 사람이다"라고 할 때 볼 수 있듯이, 소통은 암암리에 발화자의 말이 통하지 않는다는 것을 말하고, 발화자의 숨은 명령에 승복하지 않는다는 것을 말한다. 우이독경(牛耳讀經)은 그 가벼운 증상을 진단하는 것이고, "말귀를 못 알아듣는다"는 조금 더 고집이 센 경우를 말할 것이다. 그러나 모든 집단을 환기하는 언어, 가령 집안, 가문, 학교, 동창, 민족 등 또는 가치를 실은 말들, 가령 충효, 도리, 정의, 민주주의 등의 말은 이러한 압력을 숨겨 가지고 있다.

글, 자체 구성

그런데 사람 사이에 주고받는 말과 달리 글은 조금 더 자립적인 언어일 수 있다. 예이츠는 시는 시인이 혼자 중얼거리는 말을 곁에서 우연히 엿들은 것과 같은 언어사용이라고 한 일이 있다. 그러니까 청중을 상정하고 하는 말이 아니라는 것이다. 그러나 언어의 본질로 보아서도 듣는 사람이 없는 말이 어디에 있겠는가? 다만 언어 소통은 늘 직접적인 대인적(對人的) 의도를 노출함으로써만 이루어지는 것이 아니다. 혼자 중얼거리는 사람을 보게 되면, 조금은 기이한 느낌이 들지 않을 수 없을 것이다. 그러나 말을 하는 것이 아니라 글 쓰는 것은, 시가 되었든 산문이 되었든, 참으로 혼자 하는 행위이다. 그러니만큼 조금 더 정신을 글에 집중할 수 있다. 그렇다는 것은 미문(美文)의 작성에 주의한다는 것이라기보다 논리와 사실 그리고 사실의 귀추에 충실하게 된다는 말이다(잃어버린 시간을 재구성하는 것도, 앞에서 말했던 것처럼, 주관적 체험을 사실로 전환하여 그것을 관찰의 대상이 되게 함으로써 가능하게 된다). 이것은 결국 진실과 진리에 가까이 가기 위해서 생각하고 사실을 검토하고 하는 데 요구되는 금욕적 절제로 이어진다. 이 두 가지에 비슷한 태도가 있는 것이다.

가치중립적 언어
—

막스 베버는 학문과 정치의 관계를 설명하면서, 학문하는 사람의 기본적 사명은 정책적 선택의 사실적 귀추와 결과 그리고 부작용을 밝히는 일이라고 말한 일이 있다. 그리하여 정책의 좋고 나쁜 것을 직접 가리는 것이 아니라 정치가가 그것을 선택하는 것을 도와주는 것이다. 학문은 가치중립적이어야 한다는 말이다. 그렇다고 학문을 하는 사람이 정책의 좋고 나쁜 것을 가릴 수 있게 하는 가치관을 가지고 있지 않다는 것은 아닐 것이다. 베버는 정치적 선택의 사실적 전개의 여러 결과를 볼 때, 정치가도 그에 대한 윤리적 판단을 할 수 있는 능력을 가진 것이라고 생각한 것일 것이다. 즉, 그의 윤리적 도덕적 직관을 신뢰할 수 있다는 것을 전제한다고 할 수 있다. 그러니까 사실의 전개를 보여주면, 그는 스스로의 자유의지에 의하여 도덕적 선택을 할 것이라는 것을 기대하는 것이다. 사실을 사실로 규명하는 사람의 경우에도 전제되어 있는 것은 같은 도덕적 선택의 가능성일 것이다. 사실적 중립적이면서 깊은 의미에서 도덕적인 윤리적 가치들을 상정하는 것은 다른 글쓰기의 경우에도 두루 해당된다고 할 수 있다. 글쓰기의 의의는 사실과 논리에 충실한 데에 있다. 다만 어떠한 글도, 말도 사실과 앎의 지평 더 나아가 시대적으로 선(先)선택된 구역 존재론의 영향으로부터 자유로울 수 없다. 위에서 진술한 대로, 말한다는 것이 이미 그러한 지평과 바탕의 힘 그리고 언어의 특별한 왜곡에 순응한다는 것을 뜻한다. 그리하여, 그것도 반드시 가능한 것은 아니지만, 끊임없는 반성과 비판, 해체와 재구성의 되풀이만이 이러한 지평적 제한을 어느 정도 극복하는 방법이 될 것이다.

IV 감사의 말씀

이번의 문선(文選)의 첫 발상은 나남출판사에서 시작했다. 〈나남문학선〉 시리즈에 초대하여준 조상호 회장께 깊은 감사를 드린다. 아울러 이런 긴 변론(apologia)을 작성하느라고 출판 작업을 지연시키게 한 것에 대하여 사과드린다. 이번 문선을 구성하는 데에 참으로 주인 역할을 한 것은 문광훈 교수이다. 흩어져 있는 남의 글을 철저하게 그리고 광범위하게 검토하여 적절한 글을 골라 책으로 만든다는 것은 보통 어려운 일이 아니다. 그것은 엄청난 노동을 요구하는 일일 뿐만 아니라, 엄청난 정신력의 집중을 요구하는 일이다. 잡다한 사실들에서 일관된 줄거리를 잡아내는 일이기도 하기 때문이다. 조상호 회장께서 이 일을 직접 저자가 맡아달라고 하였더라면, 아마 나는 그 일을 해내지 못하고 말았을 것이다. 그것은 시간과 정력이 모자란 탓도 있지만, 쓴 글을 시간이 지난 다음에 다시 읽어보는 일을 나는 잘 하지 못한다. 그 일에는 발견의 재미가 없기 때문이 아닌가 한다. 그리고 다시 읽으면 결여된 사항들이 너무나 많이 새삼스럽게 눈에 들어오게 된다.

문선에 덧붙이는 글이 길어진 것도 이러한 것들에 관계된다. 자신의 글을 다시 읽고 일관성을 찾아내고 하는 것보다는, 글을 쓰기 시작한 지가 수십 년이 되었지만, 그것을 추동한 동기와 관점과 입장이 있지 않겠는가 하는 생각에서 그것을 밝혀보고자 한 것이 여기에 덧붙이는 글이다. 그런데 그것도 수없는 샛길로 빠지는 일이 되고 말았다. 하여튼 스스로 중심이 되는 입장을 밝혀보자는 것은 문 교수를 돕겠다는 의도가 없지 않기 때문이었다. 그러나 결국 그 장황함으로 폐가 되고 말았다. 사과드린다. 그러나 물론 사과 이전에 어려운 작업을 맡으신 문 교수에게 깊은 감사의 마음을 전하고 싶다. 그리고 다시 한 번, 이 문선을 처음 발의하고 기다려주신 조상호 회장께 감사드린다.

2013년 11월 7일
김우창

《체념의 조형》
출판기념 집담회를 마치며

김우창 교수: 그 석학의 풍모에 관하여

엄정식 / 서강대 명예교수

지난 해 12월 17일 김우창 교수의 희수(喜壽)를 맞아 세종문화회관에서 거행된 신간《체념의 조형》의 출판 기념회에 참석할 기회가 있었다. 그 모임은 일반적으로 예상됐던 그런 기념회가 아니라 친지들과 후학들이 참석한 기자회견장이었으며 김 교수의 학문세계를 집중적으로 조명하는 집담회 같은 것이었다. 나는 김 교수를 보좌하여 유종호 교수 및 진덕규 교수와 함께 연단에 배석하게 되었다. 이 모임을 주선하고 진행을 맡은 나남출판사의 조상호 회장은 유종호 교수의 축사를 필두로 2시간여에 걸친 질의와 응답, 혹은 소감을 피력하는 자리를 마련했다. 나는 그 자리에서 평소 존경해왔던 김우창 교수의 인품과 문학사상에 대해서 비교적 심도 있게 조망할 수 있었다. 최근에 '원로인문 포럼'이란 모임에서 김 교수를 자주 만났고 담소를 나누기도 하였지만 그와 집중적으로 토론할 기회는 갖지 못했었다. 마침 얼마 전 그 집담회에 관한 소회의 글을 청탁받아 그날 미처 드리지 못한 축하의 말씀을 몇 마디 잠시 정리해본다.

그날 이루어진 담론의 내용은 주로 문학에 관한 것이어서 철학도인 나로서는 세부적인 내용을 전체적으로 파악하기가 쉽지는 않았다.

그러나 한 가지 분명히 확인한 것은 김우창 교수가 "석학의 풍모"를 지 녔다는 점이었다. 나는 그동안 국제학회나 교환교수 혹은 해외여행을 통해 철학계에서 '석학'으로 알려진 사람들과 잠시 만났거나 교류한 적 이 있었다. 가령 가다머, 포퍼, 하버마스, 콰인, 퍼트남, 그리고 로티 등 이 그러한 사람들이다. 그들에게는 몇 가지 공통된 점들이 있는데, 그 것은 대략 다음과 같다. 우선 그들은 광범위한 분야에 걸쳐서 박학다 식해서 그들의 상식이 보통 사람들의 전문 지식에 해당한다고 말할 수 있을 정도이다. 그 다음 더욱 놀라운 것은 그러한 지식이 모두 체계적 이고도 심층적으로 자신의 사상체계 안에 서로 치밀하게 연결되어 있 다는 점이다. 그리고 마지막으로 그러한 지식들이 오랜 경륜을 통해 용 해되어서 마침내 삶의 지혜로 승화되어 있다는 점이다. 그들 앞에 서면 머리가 숙여질 정도로 숙연해지게 된다.

나는 김우창 교수의 사상에 관한 전문적인 연구가도 아니고 그와 오랫동안 친분을 나눌 기회도 없었기 때문에 확언하기는 어렵지만 그 날 그로부터 분명히 그러한 풍모를 감지했던 점만은 부인하기 어렵다. 그는 동서와 고금을 통해 해박한 식견을 지니고 있었으며 다양한 사람 들로부터 광범위한 영역에 걸쳐 질문들이 제기되었음에도 불구하고 마치 그러한 질문들을 기다렸다는 듯이 천천히 차분하고도 자상하게, 그러나 조금도 논점에서 흐트러짐 없이 답변을 제시해주었다. 필요한 경우에는 적절한 사례나 체험담을 통해 이해를 도와주었으며 김 교수 특유의 유머나 해학이 분위기를 부드럽게 만들기도 하였다. 때로는 나 의 전공 분야인 서양철학에서, 가령 칸트나 메를로퐁티, 하버마스, 하 이데거 등에 대해서 자유롭게 언급하는데, 그 전문성과 적절성과 엄밀 성에 있어서 다만 숙연함을 자아낼 뿐이었다. 더구나 이 분야에서의 내

전문지식을 그는 상식적인 이야기처럼 명료하게 다루고 있었다.

김우창 교수 자신이 언급했듯이 그는 원래 철학에 심취했던 정치학도였다. 그렇다면 그가 후에 문학을 더 비중 있게 다루어왔던 이유가 무엇일까. 그는 이러한 자신의 지적 모험과 편력에 대해서 체계적으로 설명하지는 않았으나 아리스토텔레스가 언급한 내용을 떠올리며 그를 이해해보려고 노력했다. 아리스토텔레스는 인간으로서 바람직한 삶을 산다는 것이 어떠한 것인지 자신의《니코마코스 윤리학》에서 체계적으로 개진한 바 있다. 그런데 그것이 하나의 이론체계에 불과한 것이 되지 않으려면 그것을 실현할 수 있는 실천적 광장이 필요한데, 그 광장이 그에게는 '폴리스'에서의 정치였다. 그것이 그가《정치학》(*Politica*)을 쓴 이유였고 그것이 또한 그가 현실정치에 참여하는 방식이었다.

잘 알려진 바와 같이 김 교수는 한국 현대사에서 가장 심각한 정치적 격변기를 체험했기 때문에 정치현실에 뛰어들고 싶은 충동을 많이 느꼈을 것이다. 그러나 그렇게 하기에 김 교수 자신이 스스로 토로했듯이 그는 근원에 관한 형이상학적 관심이 너무도 깊었고 또 진지했다. 그렇다면 격변하는 역사적 현실을 외면하지 않고 형이상학적 사변을 통해 인간의 보편적 문제에 천착하는 방법은 무엇일까. 아마 이 문제에 대한 통로를 김 교수는 문학에서 찾고자 했는지도 모른다는 관측을 해본다. 문학에서야말로 그에게는 구체적인 개인들의 역사적 현실과 추상적이고 보편적인 사변의 세계가 만나는 영역일 수 있기 때문이다. 이것이 그날 집담회에서 느낀 내 직관적인 통찰이었다.

그동안 격동의 시대를 살아오면서 우리는 많은 것을 얻었지만 이에 못지않게 잃은 것도 많이 있다. 가령 산업화와 민주화를 통해서 선망의 대상이 될 정도로 급속하게 선진화의 문턱에 들어섰다고 하지만 그만큼 삶의 질이 향상되고 행복도 증진되었는지 되묻지 않을 수 없다. 그러한 것은 외향적인 과학기술의 발달이나 사회제도의 개선과 정비례 하는 것은 아니기 때문이다. 김우창 교수도 집담회에서 여러 번 강조했 듯이 그것은 새로운 가치를 얼마나 비판적으로 이해하고 능동적으로 수용하는지, 그리고 전통적 가치의 의미를 창의적으로 해석하고 재창 출할 수 있는지와 관련된 인문학적 과제이다. 우리가 그 모임에서 안타 깝게 많은 질문을 던지고 그의 답변을 진지한 마음으로 경청한 이유도 바로 여기에 있다.

우리는 수난과 질곡의 현대사를 겪으면서 상처받은 조개가 진주를 품듯 이제 적어도 한 사람의 걸출한 인문학자를 배출해내었다. 그러나 우리의 현실이 너무도 복잡하고 급박하며, 동서와 고금이 지나치게 광 범위하고 심도 있게 격돌하는 '폭풍의 언덕'에 있기 때문에 그의 업적 을 존중하지만 거기에 만족할 수만은 없다. 그는 제대로 이해되고 평가 되어야 하며 동시에 극복되지 않으면 안 된다. 그가 도달한 바로 그 지 점에서 확실하게 출발하기 위해서는 그 지점이 어디인지 제대로 가늠 할 수 있어야 한다는 것이다. 그것이야말로 우리가 그의 희수를 진정으 로 축하하고 그의 체념을 제대로 다시 조형하는 방식이라는 생각을 해 본다.

어떤 인연

권혁범 / 대전대 교수

 대학시절부터 지금까지 존경해온 스승이 한 분 계시다. 20대 초반에 쓴 어설픈 '문학평론'을 매개로 우연히 그 선생님을 만나게 된 것은 내 인생에서 전환점이 되었다.

대학 3학년이던 1977년 5월경 선생님 연구실로 불쑥 찾아가서 소중한 말씀을 들었는데 그 첫 만남은 여러 가지 이유로 충격적이었다. 지금도 그때 받았던 깊은 인상을 잊을 수 없다. 우선 아무런 면식도 없는 정치외교학과 학생에게 영문과 소속이었던 선생님은 거의 세 시간 이상을 할애해서 어리석고 끊임없는 질문에 답해주셨다. 대학 교수가 된 나는 한 번도 그렇게 긴 시간을 제자에게 내준 적이 없었다. 나중에 알았지만 그것은 교수라면 자신의 연구보다 교육에 우선권을 둬야 한다는 선생님의 단단한 교육철학과 관계가 있었다. 선생님이 들려주신 이야기는 당시로서는 그 어디에서도 접한 적이 없는 내용이기 때문에 세 시간이 어떻게 흘러갔는지 몰랐다. 그 후에도 내가 찾아뵐 때마다 대화는 기본으로 서너 시간이었다(주책없이 선생님 연구실이나 댁에 시도 때도 없이 찾아간 적이 적지 않았다. 지금 돌이켜 보면 무례를 범한 셈이다. 그 덕에 선생님 가족들과도 친분을 쌓을 수 있었다). 하지만 단한 번도 선생님께서 먼저 대화를 끝내자고 말씀하신 적이 없었다.

그 당시에는 문학, 철학, 정치현실 그리고 일상적 삶에 대한 여러 이야기를 선생님은 특유의 조용한 말투로 들려주셨다. 선생님 말씀 하나하나가 내 가슴속을 파고들었다고 해도 과언이 아니다. 그때도 이미 선생님은 진보-보수의 이분법을 넘어선 입장, 국적이나 민족에 거리를 두는 보편적인 관점을 갖고 계셨기 때문이다. 그것은 70년대에는 매우 희귀한 관점이었다.

　　또한 선생님은 내게 존대를 하셨다. 내가 말씀을 낮추시라고 아무리 얘기해도 지금까지 존댓말은 지속되고 있다. 물론 다른 제자들에게도 하대하시는 법이 없었다. 나도 선생님을 흉내 내서 제자들에게 존댓말을 쓰려 했으나 금세 포기하고 말았다. 더욱 특별한 것은 선생님께서는 첫 만남에서 지금에 이르기까지 내게 '가르침'이나 '충고'를 주시려고 한 적이 거의 없었다는 점이다. 선생님은 항상 대화를 조용하게 나누었지 어떤 주장을 설파하시거나 이래라 저래라 하는 가르침을 주신 적이 없었다. 그것은 제자와 수평적 관계를 맺는, 독립적 인격체로 존중하는 선생님의 인품과 관계가 있다.

　　1970년대 중반쯤에는 내 모교인 고려대에서는 문학에 관심을 갖거나 '운동권'에 속해 있는 학생들은 대체로 계간지 〈문학과 지성〉(현재는 〈문학과 사회〉)과 〈창작과 비평〉을 열심히 읽고 토론을 하는 게 유행이었다. 나 역시 예외는 아니었다. 그런데 《궁핍한 시대의 시인》이 출간되자 선생님에 대한 관심이 폭발적으로 증가했고 몇 개월도 안 되어서 '김우창 신화'가 퍼져나간 것으로 기억이 난다. 박학다식한 지식인이나 학자는 많지만 넓이와 깊이, 미시적 분석과 거시적 관점을 동시에 갖춘 사람은 거의 없다고 해도 과언이 아니다. 그런데 전공인 문학뿐만 아니라 철학, 정치, 건축, 미술사나 동서양의 사상에 대한 선생님의 조예가 깊고 남다르다는 소문이 떠돌았고(이 점은 사실로 확인되었다) 심지어 전임지인 서울대에서 '음악이론'을 강의했다는 '유언비어'도 퍼져 있었다. 지금 생각하면 나를 포함한 문청 및 운동권 학생들의 철부지 생각이었지만 내가 복학한 1980년에는 '김우창을 극복하자!'는 슬로건도 유포되기 시작했다. 제자들과 후학들이 평범한 활동에 그치고 있는 반면 선생님은 사상의 넓이와 깊이를 도무지 알 수 없는 저서를 오늘까지 계속해서 출간하고 계시다.

저명한 지식인 및 학자들의 경우, 글에서 펴는 주장과 실제 삶이 상당히 다른 사례를 자주 목격한 적이 있는데 선생님은 글처럼 일상적 삶에서도 항상 소박하고 겸손한 태도를 견지해서 주변과 제자들의 존경을 받아오셨다. 1980년이나 1987년에 억압적 정치현실에 대한 시국선언에도 주도적으로 참여하는 등 한국 사회의 고비마다 상아탑에 안주하지 않는 실천적 자세도 제자들에게 깊은 인상을 남겼다.

앞에서 밝혔듯이 선생님은 제자에게 충고를 거의 하지 않는 편이다. 하지만 예외가 있었다. 내가 정치학을 버리고 문학으로 들어섰다가 다시 정치학으로 돌아선 것, 유학을 간 것은 선생님의 '유일무이'한 충고 덕이다(물론 제자의 능력을 과대평가했다고 생각한다). 난 입대할 때까지 문학평론 쪽으로 진로를 탐색하며 공부를 계속했다. 그 덕에 제대 무렵 문단에 데뷔할 수 있었다. 즉각 선생님을 찾아뵈었다. 선생님께서 당연히 내게 영문학이나 국문학을 추천하실 것으로 기대하면서 말이다. 하지만 선생님께서는 예상과는 정반대로 문학을 아는 정치학자가 한국 사회에 필요하다는, 문학과 정치학은 결국 일맥상통한다는 요지의 말씀을 하셨다. 선생님께서 정치학을 하시다 영문학으로 전공을 바꾸신 것과는 반대로 난 문학으로 완전히 들어섰다가 정치학으로 돌아온 것은 지금 생각하면 참 아이러니라 하지 않을 수 없다. 어쨌든 선생님께서 하신 말씀의 깊은 뜻을 깨닫기까지에는 오랜 세월이 걸렸지만 선생님의 조언 덕에 정치학을 다시 할 수 있었다.

물론 나는 제자라고 하기에는 턱없이 부족하다. 선생님의 '가르치지 않는 가르침' 덕택에 여러 편향을 바로잡고 인간과 사회의 복잡한 딜레마에 대해 사유할 수는 있는 시간을 가질 수 있었지만 아직까지 별다른 학문적 업적을 쌓지 못해 항상 죄송하고 부끄러운 마음뿐이다. 언젠가 선생님의 정치철학에 대해서 책 한 권을 쓰고 싶지만 내 실력으로는 어림도 없다는 것을 알기에 그냥 꿈을 꿀 뿐이다.

지적 패기와 무모함, 현실과 관련된 지식에 대한 열정밖에 없었던 이십 대에 처음 선생님을 뵌 이래 세월은 빠르게 나를 훑고 지나갔다. 나는 이미 처음 내가 만났을 때의 선생님 나이를 훌쩍 넘었고 어쩌면 지금부터의 시간은 더 빠른 속도로 지나갈지도 모를 일이다. 허나, 부족한 대로 선생 노릇을 하고 있는 지금까지의 삶이나, 세상과 학문을 보는 관점과 인간에 대한 이해의 폭, 역시 어쩌면 '김우창'이라는 큰 산의 그늘에서 별로 비껴나 있지 않다는 생각을 해본다. 그것은 더없이 소중한 시간이었음에 말할 나위가 없는 일이다.

궁핍한 시대의 김우창 읽기

박해현 / 조선일보 기자

 김우창 선생님의 비평을 처음 접한 계기는 30여 년 전 정현종 선생님의 시집《고통의 축제》가 제공했다. 젊은 날 서점에서 우연히 펼친 시집 해설을 통해 김우창 인문학의 망망대해에 겁도 없이 풍덩 뛰어들고 말았다.

정현종 선생님은 감각의 경쾌함과 언어의 생기, 이미지의 율동으로 나를 황홀하게 했지만 그러한 도취의 해석과 이해는 김우창 선생님의 웅장하고 깊이 있는 해설에 기대지 않을 수 없었다. '사물의 꿈'이란 제목을 단 그 해설은 "정현종 시인의 시가 철학적"이라고 규정하며 시집에 담긴 삶과 죽음의 내적 긴장 관계의 암호를 명쾌하게 해독해줬다. 시인의 감성과 비평가의 이성이 오묘한 조화를 빚은 시집을 오랫동안 지니고 다녔다.

《고통의 축제》는 내 젊은 날의 영혼에 축복처럼 쏟아진 언어의 축제였다. "가지에 부는 푸른 바람의 힘으로 나무는/ 자기의 생이 흔들리는 소리를 듣는다"라는 시구는 한동안 알 수 없는 삶의 자극을 가슴에 찍어댔다. 진짜 고통의 축제는 해설을 읽으면서 시작됐다. 김우창 선생님의 비평을 끝까지 읽어내는 것은 엄청난 두통을 동반했다. 몇 차례 엎어지다가 다 읽고 나자 마라톤 풀코스를 완주한 듯 보람찬 기쁨을 느낄 수 있었다.

김우창 선생님의 해설 중 시 '집'을 풀이한 것을 읽으며 비평가의
독해 능력에 혀를 내둘렀던 기억이 지금도 떠오른다. "떠남도 허락하
고/ 돌아감도 허락한다"며 시작한 시를 처음 읽었을 땐 '집'의 의미가
명료하게 다가오지 않았다. 그러나 김우창 선생님이 "사람이 사는 것
은 존재와 무의 바탕에서 끊임없이 떠나고 또 그것으로 돌아가는 데서
이루어진다"며 한 행, 한 행 풀이한 덕분에 집의 이미지를 철학적 의
미의 '무'(無)에 연결해 생각하는 방법을 배웠다. 나중에 선생님은 어
느 글에서 하이데거를 언급하면서 존재와 무의 상관관계를 설명하기도
했다. "존재가 무의 바탕에서 나온다는 것은 존재로 하여금 얼마나 경
이로운 창조며 선물이 되게 하는 것인가?"

존재가 무의 바탕에서 나왔기에 실존적 불안이 불가피한 것이지만
그것은 한편으로는 허무의 길을, 한편으로는 자유의 길을 제공한다는
가르침이었다. 사회와 역사의 차원에서 그런 허무는 현실을 고정된 틀
이 아니라 인간의 자유로운 창조의 소산으로 돌이킬 수 있다는 것이다.

《고통의 축제》해설에서 시작한 나의 김우창 비평 읽기는 벽돌만
한 책《궁핍한 시대의 시인》을 낑낑대며 독해하는 고행의 연속으로 이
어졌다. 이 책에 실린 글 '한국시와 형이상'은 최남선에서 서정주에 이
르는 한국 현대시가 감정 토로와 자기 탐닉의 구조를 벗어나지 못했
다고 신랄하게 비판해 충격을 던졌다. 특히 박목월의 여성적 서정시가
"주관적 욕구에 의해 꾸며진 자기만족의 풍경"이 됐다고 지적한 게 놀
라웠다. "서정주의 시적 발전은 한국의 현대시 50년의 핵심적인 실패
를 가장 전형적으로 보여준다"는 비판도 섬뜩하게 다가왔다. 선생님은
우리 문학에 부족한 철학적 사유를 지적하면서 '형이상의 열정'을 되

찾아야 한다고 강조했다. 우리 세대는 김우창 비평을 읽으며 문학이란 이성을 동반한 감성의 언어라는 사실을 끊임없이 되새겨야 했다. 나중에 선생님이 우리 사회의 감정 과잉을 비판하면서 '자기의 슬픔에 대한 지적 절제'를 요구한 글을 읽었다. 그처럼 냉철하고 당당했던 비평적 논리의 현실적 바탕을 새삼스럽게 확인할 수 있었다. 그런데 나중에 선생님은 서정주의 "질마재 신화"에 대해선 '이상적인 공동체의 존재 방식에 대한 중요한 탐구의 일부'라고 평가해 유연한 비평적 잣대의 율동을 보여주기도 했다.

한용운의 '님'이 지닌 의미는 다 알다시피 다의적이다. 부처냐, 조국이냐, 연인이냐를 놓고 어느 하나만 고르는 것은 올바르지 않다는 데 대부분 동의한다. 김우창 선생님은 그런 한용운 이해에 새 지평을 열기도 했다. 한용운을 분석한 글 '궁핍한 시대의 시인'에서 '님'을 고정된 실체로 보지 않으면서 한용운의 삶이 '종교인과 혁명가와 시인'의 다면성으로 이뤄졌음을 분석해 그의 실존적 고뇌를 다양하게 해석했다. 김우창 선생님이 한용운을 의인(義人)이라 부르며 쓴 다음과 같은 문장은 1970~80년대 젊은 지식인들에게 던지는 위안이자 격려였다. "정치는 현실이 가지고 있는 새로운 역사의 가능성을 그 희망의 거점으로 한다. 그러나 이러한 가능성이 전혀 보이지 않을 때 의인의 정치는 현실의 정치일 것이다."

그런 맥락에서 우리 세대의 문학청년들은 떠나간 4·19 시인 김수영이 부른 자유와 양심과 사랑의 노래를 탐독했고 동시대의 시인들을 통해 비극적 세상에 숨어있는 정의와 진리를 찾아내려고 했다. 19세기 말부터 1980년대까지 한국인은 사회 역사적으로나 형이상적으로 '궁핍한 시대'를 살아야 했다. 그나마 문학이 '시대의 공명판(共鳴板)' 역할을 했기에 정신의 허기를 채웠다는 점에서 문학이 생생하게 살아 있던 시대였다. 덕분에 수많은 문학 비평가들이 지식인 담론의 최전선에서 활약했던 영광을 누리기도 했다. 그런 문학판에서 김우창 비평은 인문과학의 바탕으로서 문학의 존재 이유를 품격 높은 사유와 언어로 제시했기에 독보적 위상을 차지했다. 궁핍한 시대의 문학청년들에게 김우창 비평 읽기는 인문학의 풍성한 식탁을 마주하는 것이었다. 물론 제대로 소화하는 게 쉽지는 않았다.

김우창 선생님은 리얼리즘이 문학의 본령이지만 당위적 이념을 앞세우는 리얼리즘에는 비판적이다. 이념에서 자유롭지 못한 문학은 상투성에 빠지기 마련이기 때문이다. 아마 네루다가 "리얼리스트가 아닌 시인은 죽은 시인이다. 그러나 리얼리스트에 불과한 시인도 죽은 시인이다"라고 말한 것도 비슷한 맥락이 아닌가 싶다.

흔히 철학이 로고스의 언어라면, 문학은 파토스의 언어라고들 한다. 김우창 선생님은 로고스를 통해 파토스를 승화시켜야 한다는 입장이다. 선생님 사상의 키워드처럼 된 '심미적 이성'도 그런 맥락에서 이해할 수 있다. 선생님은 언젠가 이런 말을 했다. "사람은 끊임없이 일어나고 사라지는 감각적인 세계와 그것을 통일할 수 있는 일관된 세계의 통합을 바란다. 심미적 이성은 감각적인 가변성과 이성적인 통일을 할 수 있는 유연한 이성으로 볼 수 있다."

김우창 선생님의 글을 읽으며 자란 세대인 내가 어쩌다 문학 담당 기자가 돼 선생님을 몇 차례 뵌 지 어느덧 20년 가까이 됐다. 선생님이 일본 비평가 가라타니 고진을 만나 대담을 나눈 현장을 취재한 적이 있다. 두 분은 동아시아의 동질성에 대해 의견을 나눴다. 김우창 선생님이 유럽과 동아시아의 차이를 먼저 설명했다. "《중국의 과학기술사》

를 쓴 조셉 니덤은 17세기까지 서양에 앞섰던 중국 과학문명이 왜 그 이후에 낙후됐는가라는 질문을 던졌습니다. 그는 서양의 경우 여러 국가 공동체를 통해 다양한 사고가 발전했지만 중국은 너무 통일된 상태라 그렇지 못했다고 풀이했습니다. 서양에 대항하는 아시아의 동일성도 좋지만, 대동아 공영권의 전철을 밟지 않기 위해서는 아시아 국가들이 각자의 다양성 위에서 서로 협조하는 길을 찾아야 한다고 봅니다."

가라타니 고진도 이에 호응하며 한국의 역할을 강조했다. 그의 말은 마치 김우창 선생님을 향해 던지는 것 같았다. "일본이나 중국이 아시아 동일성의 중심이 되면 문제가 많을 것입니다. 유럽공동체에서 벨기에와 네덜란드 같은 나라들이 중심 역할을 하듯, 한국이나 대만이 중심이 되는 아시아 공동체를 만들어야 하지 않을까 합니다. 저는 국가차원도 중요하지만 지식인 차원의 연대감이 더 필요하다고 봅니다."

젊은 날의 클로드 레비스트로스는 글을 쓰기 전에 마르크스의 책을 읽었다고 했다. 그러면 머리가 맑아진다고 했다나. 그러나 내 아둔한 머리는 선생님의 문향(文香)을 맡을 때마다 정신이 혼미해진다. 다행히 선생님이 문광훈 교수와 함께 펴낸 대담집 《세 개의 동그라미》가 성실한 가이드북을 역할을 하기에 자주 훑어보며 이해력을 높인다. 그 책을 읽다보면 김우창 인문학의 매혹에 중독되기 쉽다. 사람이 매운맛을 즐기는 것은 혀가 느끼는 고통을 상쇄하려고 뇌에서 엔도르핀이 절로 나오기 때문이라고 한다. 아마 김우창 중독 현상도 그와 비슷하리라. 요즘 인문학이 무엇이냐고 묻는 게 유행이다. 김우창 중독에서 얻는 지적 쾌감이 그 질문에 가장 좋은 해답을 제시하리라고 본다.

서사(敍事), 공감 없는 독백의 두려움

양선희 / 중앙일보 논설위원, 소설가

사람은 언제나 계속되는 서사(敍事) 속에서 살아야 한다는 강박을 가지고 있다.
세상은 사물들로 차 있는 곳이 아니라 이야기로 차 있는 곳이다.
모든 것은 이야기되어야 한다.

— 김우창, 《체념의 조형》, p.16

　옛 상사가 있었다. 그를 존경한 적은 없었다. 그가 참석한 회식자리는 언제나 지겨웠다. 회식시간이 두 시간이면, 그는 한 시간 55분 동안 말을 독점했다. 그의 말은 늘 반복됐다. 대부분이 남들은 쉽게 가지 못하는 외국의 어느 골프장에서 골프를 쳤다거나 남들을 압도하는 기록적인 타수를 낸 이야기들이었다. 남들은 18홀을 도는데 그는 36홀을 거뜬히 돌았고, 몇 홀에선 몇 타를 쳤는지 정확하게 기억해 복습시켰다.

　그가 반복하는 그의 서사 속에서 그는 비록 사소했지만 언제나 남들을 압도하는 영웅이었다. 그는 문제가 생기면 정의롭고 영웅적으로 대처했고, 많은 사람들이 그에게 항복했고, 남다른 안목으로 많은 사람들에게서 찬탄을 끌어냈다. 많은 사람들이 그를 존경하고 우러러보았으며, 그를 사모하는 많은 여성들이 있었다.

　나는 그가 말하는 이야기들이 팩트인지 아닌지에 대해서 의심하진 않았다. 모든 서사는 시간과 공간 속에 존재하는 것인데, 그는 정확하게 육하원칙에 따라 이야기했다. 객관적 팩트의 전후좌우 관계 자체를 의심할 여지는 없었다. 물론 타인들의 태도와 감정을 해석한 주관적인 부분은 팩트와 관계가 없으므로 논외로 쳐야 하지만 말이다.

　그는 다만 매일의 일상 속에서 특별히 그때 그 일을 선정해 스토리를 엮어낸 것이다. 왜 그 이야기들을 선택했을까? 그 스토리를 통해 자신이 얼마나 멋진 사람인지를 증명하고, 이런 성공담을 듣는 사람이 그에게 감탄하리라고 생각했기 때문인지도 모른다.

　그러나 나는 그의 서사에 대해선 인정하더라도 그가 이야기를 끌어낸 의도에는 공감하지 못했다. 나에겐 그런 이야기가 자랑거리인 그라는 인격체가 허무하고 딱해 보였다. 심지어 그런 시답잖은 얘기로 나의 한 시간 55분을 잡아먹은 그에게 화가 나곤 했다. 그러나 나는 그에게 그런 나의 진심을 이야기한 적이 없다. 그는 나의 상사였으므로. 나만 그런 것도 아니었다. 뒤에서 지겹다고 투덜대고, 그가 회식에 참석한다는 얘기에도 사색이 되는 다른 동료들 누구도 내색하지 않았다. 그들은 오히려 그 자리에선 흥미진진하게 맞장구치며 그를 부추기기도 했다.

　이렇게 개인의 서사와 타인의 공감은 다른 세상 이야기다. 그럼에도 사람들은 공감하지 않는 서사에 대해서도 긍정적 피드백을 하는 능력이 있다. 어딜 가나 저마다 자신의 위인전을 쓰듯 말하는 서사의 독백이 난무하는 건 그래서일 거다. 때로는 나 역시 공감 받지 못하는 그 독백의 무리들 중 하나가 되기도 한다. 내가 공감 받지 못한다는 사실도 모른 채로.

공감의 말은 진정한 공감이라기보다 이해관계에 따른 수사(修辭)일 가능성이 많다. 사회적 관계맺음의 형태와 이해관계에 따라 때로는 공감하고 때로는 공격하는 것이지, 이해하고 공감하고 생각을 나누자는 것은 아닌 것 같다는 생각을 진작부터 해왔다.

> 진정한 앎은 비교(秘教)의 앎이다. 밖으로 드러나지 않는 지혜이다.
> — 김우창, 《체념의 조형》, p.21

세상은 이야기로 차고 넘치지만 말로 인해 배부르고 인생이 풍요로워지지 않음은 왜일까? 시간과 공간과 전후좌우의 맥락이 있는 서사는 이야기로 옮길 수 있지만 내가 짊어지고 사는 나의 삶이나 타인의 무거운 삶에 대한 공감은 이야기로 옮겨놓을 수 없는 경우가 많다. 삶의 무게, 깊은 슬픔, 진한 행복, 기쁨, 불안감 등을 도대체 어떻게 타인의 공감을 고스란히 얻을 수 있는 이야기로 옮길 수 있을까.

지난 그믐날 나는 이메일 한 통을 받았다. 막내 동생의 고등학교 동창이라며 우리 막내가 평상복을 입고 미소 짓고 있는 사진 한 매를 첨부한 메일이었다. 1년 전 홀로 병고에 시달리다 갑자기 세상을 떠난 동생은 천주교 사제였고, 신학교에 들어간 이후 우리에게 남겨진 사진은 모두 제의를 입은 것뿐이었다. 그래서 나는 그 친구에게 '내게 없는 사진을 보내주어 감사하다'고 답 메일을 보냈다. 그 말밖에 할 수 없었다. 그 사진이 내게 일으킨 파장은 더 큰 것이었으나 그걸 어떻게 말로 설명할 수 있을까.

동생이 세상을 떠난 것은 내 삶의 가장 무거운 것이 되었다. 동생을 장사지낸 이후 여전히 자다가도 불쑥불쑥 가슴이 짓눌려 깨어나고, 일상에서의 희로애락 감정의 진폭은 상당히 좁아져 모든 감정이 평평한 어느 지점을 향해 달려가고 있지만 그것을 말로 옮겨 담을 수 없었다.

아버지가 말했다. "아침 미사에서 신부님이 입장하시는데 갑자기 동생이 걸어오는 것으로 착각했었다"고. 나는 그때 '아~' 하는 감탄사 밖에 내놓을 수 없었다. 나도 늘 똑같은 경험을 한다고 털어놓을 수 없었다. 그런 건 묘사할 수도 없고, 말로 나오는 순간 천해질 것들이다. 사람의 가장 깊은 이야기는 그래서 말로 옮겨지지 않는 것인지도 모른다.

나는 그 평복의 사진을 보고도 그저 '아~' 하는 감탄사밖에 할 수 없었다. 언니에게 그 사진을 보여주었더니 언니도 똑같이 '아~' 하고 감탄사만 내놓았다. 말이 아닌 감탄사였음에도 나는 그게 무슨 의미인지 알아차릴 수 있었고, 공감할 수 있었다.

말이란 참으로 헛헛한 것이다. 이렇게 내게 있어서 진짜 이야기는 이야기되지 않는다. 하고 싶지 않아서가 아니라 할 수 없어서다. 말이 말로 되어 나오지 않는데 나로선 어쩔 수 없다.

모든 것이 이야기되어지는 건 아니다.

그래서 세상은 이야기로 꽉 차 있으나 누구도 그 이야기로 인해 배부르지도, 풍요로워지지도 않고, 늘 허기지는 것은 아닐까. 진정한 지식, 진정한 공감, 진정한 이야기는 이야기되지 않는 것 속에 존재하므로.

노자(老子)는 말했다. "아는 자는 말하지 않고, 말하는 자는 알지 못한다"고 말이다. 노자는 또 "스스로 드러내지 않고 세상에 이름을 알리지 않는 데 힘을 쓰라"고도 했다. 세상에 돌아다니는 이야기의 허황함과 헛됨을 간파했다면 노자처럼 말하지 않을 수 없었으리라.

한데 나는 오늘도 이야기를 찾고, 서사를 글로 옮기는 일을 중단하지 않는다. 그건 내 직업이고, 실상 진정한 것은 말로 옮겨지기 힘들다는 것을 알면서도 나는 이 일에 집착한다. 나는 무엇을 이야기하려는 것이며, 왜 이야기해야 하는 것일까. 그것은 진정 의미 있는 작업이며, 이런 일만 하다 내 인생을 마쳐도 좋은 것인가.

나는 대답을 찾을 수 없다. 나는 다만 이야기를 하고, 이야기를 찾고, 이야기를 쓰고, 내 이야기를 누군가 들어주길 바랄 뿐이다. 말에 대해 수만 가지 의심을 품고 있지만 이 작업을 멈출 수 없다. 누군가 이런 나의 삶이 하찮은 것이라고 비웃어도 할 말이 없다. 그럼에도 살아있는 내가 할 수 있는 것은 오직 세상을 향해 말하는 것뿐인지도 모른다.

나는 노자에게서 핑계를 찾는다. 말의 하찮음을 간파했던 노자 역시 5천 자의 가르침을 남겼다. 이 일로 당(唐)대 시인 백거이(白居易)는 칠언절구를 지어 노자를 비웃었다.

말하는 자는 지자(知者)의 침묵만 못하다고 言者不如知者默
나는 이 말을 노자에게서 들었지 此語吾聞於老君
만약 노자가 지자(知者)라 한다면 若道老君是知者
어이하여 스스로 오천 자를 지었던고 緣何自著五千文

나무는 스스로에 금을 긋지 않으니,
그대의 체념의 조형(造形)에서
비로소 사실에 있는 나무가 되리니
— 라이너 마리아 릴케(김우창,《체념의 조형》, p.13 재인용)

김우창 문학선《체념의 조형》이라는 제목은 릴케의 시에서 가져왔다고 했다. 지난해 연말 문학선 발표를 기념해 열렸던 집담회에서 김우창 선생은 말했다.

"사물을 제대로 인지하고 인식하려면 주관적인 것을 체념하고 객관적으로 보려고 노력해야 한다. 주관을 체념하고 조형해야만 제대로 볼 수 있다."

주관과 이념의 과잉, 감각적 자극에의 몰입, 새로움에 대한 강박. 이 시대에 이야기를 붙들고 사는 사람들이 헤어나지 못하는 굴레다. 마음의 울림이니 진정한 이야기니 하는 고민은 고리타분한 꼰대의 잔소리처럼 들린다. 이런 시대에 '체념의 조형'은 큰 울림을 주는 가르침이 분명하다.

그럼에도 서사 속에 주관이 섞이어 들어가는 것이 인간의 일인데, 다만 객관적 관조라는 것은 가능한 것인지. 나무가 스스로에 금을 긋지 않고도 세월이 쌓여 나이테를 만들 듯 나는 어떤 관조와 수양의 과정을 거쳐야 내 스스로 체념하고도 조형하는 경지에 오를 수 있을지. 그런 단계에 이른다면 지금은 표현해낼 수 없는 내 속의 진짜 이야기를 옮길 수 있을지. 여전히 말, 이야기는 어렵고, 그에 대한 나의 고민은 줄어들지 않는다.

바다를 낚는 어부 — 김우창 선생님께

임병걸 / 시인

망망한 바다
가만히 드리운 그물로
헤엄치는 고기를 잡는 어부가 있다
그는 우선 미끼로 쓰는 언어를
제 손으로 만든다
그의 사유 안에 들어온 언어들은
껍질이 벗겨지고 내장은 해체된다
뼈까지 으스러진 언어들은
예리한 미늘로 거듭나
인문의 바다로 뛰어든다
깊이를 알 수 없었던 바다밑
문학이 꿰이고 철학이 낚이고
역사가 딸려온다
물리지도 지치지도 않는지
그는 다시 사유의 불가마를 지펴
배다른 언어들의 이종교배를 시작한다
담금질된 언어들은

얕은 바다를 벗어나 대해를 가로지르며

이번에는 바다를 포획한다

물보다 촘촘한 그물로 변한 그의 언어가

바닷물을 길어올리기 시작한 것이다

빵과 포도주가

노래와 전쟁이

이념과 사랑이 한꺼번에 올라온다

형체도 빛깔도 없는 세상이

모습을 드러내는 순간

헤엄칠 줄 모르는 그가

또 바다 깊숙이 들어간다

끼니도 거른 채

우주를 낚으러

시작(詩作) 메모
—

　그는 오직 언어를 도구로, 치열한 사유를 방법론으로 종래에 관습적으로 엉성하게 사용하던 언어를 갈고 닦아 정교하고 엄밀하게 만들어 문학과 역사와 철학을 종횡무진, 그 실체를 드러내고, 다시 정지된 언어와 학문의 세계에 만족하지 않고 더욱 치열하게 사유해, 움직이는 세상까지 포착, 실체를 밝히는 데까지 이르고 있다.

　공자는 글은 말을 다하지 못하고, 말은 뜻을 다하지 못한다고 하였지만(文不盡言, 言不盡意) 그의 글은 말과 뜻을 넘어 역동하는 세상까지다 담고 있어, 새삼 언어의 지평이 얼마나 넓은지, 언어 바깥은 결코 존재하지 않는다는 사실을 증명하고 있다.

언론보도

한국의 지성 김우창 교수 《체념의 조형》 출판기념회…

"北 처형 보며 인간에 대해 재고찰… 괴로웠다."

———

한국의 대표적 지성 김우창(77) 고려대 명예교수가 17일 희수를 맞아 서울 세종로 세종문화회관 예인홀에서 문학평론가로서의 숨결을 모은 문학선 《체념의 조형》(나남출판) 출판기념회를 열었다. 릴케의 시에서 따온 《체념의 조형》은 사람이 어떤 것을 인지할 때 그 인지능력의 주관성을 포기해야만 사물의 본질에 닿을 수 있다는 의미이다.

김 교수는 인사말을 통해 "나는 평생 정치에서 좀 멀리하고 살아왔는데 옛 임금이 암행사찰을 할 때 임금의 얼굴도 모르는 농부들이 격양가를 부르던 그런 시절이 좋은 세상이 아니겠느냐"면서 "요 며칠 사이 북한에서 사람(장성택)을 그렇게 죽인 사건을 보면서 인간과 인간의 조건에 대해 저절로 생각하게 되어 마음이 괴로웠다"고 말했다. 이어 "이걸 이데올로기로도 설명할 수 있는데, 1차적으로 권력 싸움을 벌이고 목숨을 앗아간 싸움 뒤엔 자기 정당성을 위한 이데올로기가 숨어 있다"면서 "이데올로기를 초월하는 직접적인 것이 필요하다"고 말했다.

그는 또 '전통이 붕괴되면서 서구를 수용했던 근대 100년사에 대해 언급해 달라'는 요청을 받고 "우리나라는 너무 많은 것이 깨졌기에 그걸 하나로 묶을 필요가 있었는데 그 묶음에서 이데올로기가 등장했다"면서 이렇게 덧붙였다.

　　"우리는 외형적으로 서양과 비슷하게 근대화됐지만 우리 안에는 너무 해야 할 일이 많아요. 거기에 기초해 우리를 정리해내는 게 우리의 책무이기도 합니다. 다시 말해 자기 체험으로부터 출발해 사람들이 공통으로 갖고 있는 게 뭐냐를 세계적 수준으로 이뤄냈느냐에 대해서는 회의적인데, 그건 우리가 너무 많이 깨져 있기 때문이죠. 예를 들어 셰익스피어나 괴테는 서양의 자산인 동시에 세계의 자산인데 우리의 〈춘향전〉을 읽고 세계인이 감동 받기란 어려운 일이지요."

　　그는 또 '정치로부터 멀어진 삶이란 무엇을 의미하느냐'는 질문에 "정치로서 인생을 대체할 수 있다는 생각은 위험한 것이다"면서 "치국평천하를 하면 수신제가가 함께 온다고 생각하는 것은 착각"이라고 지적했다. '나이 듦에 대한 생각'을 묻는 질문에선 "인생이란 알 수 없는 것이고, 허무에 닿아 있는 게 인생이므로 좀더 너그럽게 살 필요가 있다"면서 "사람이 목숨을 받아 산다는 게 신비에 해당한다"고 말했다. 기념회는 유종호 대한민국예술원 회장과 진덕규 이화여대 석좌교수를 비롯해 오생근 서울대 명예교수, 염재호 고려대 부총장, 이남호 고려대 교수, 문광훈 충북대 교수, 최광식 전 문화체육관광부 장관 등 학계와 언론계 인사 40여 명이 참석해 콜로키움 형식으로 치러졌다.

경향신문

정원식 기자

김우창 교수 "정치를 가까이할 필요 없는 세상이 좋은 세상"
50년 문필작업 결산《체념의 조형》발간

———

김우창 고려대 명예교수(77)는 영문학 전공자이면서 문학평론가
이다. 그러나 문학평론이란 말에 갇히지 않는 폭넓은 이론과 사상을 바
탕으로 한 글쓰기를 해왔다. 1965년 〈청맥〉에 실은 "엘리어트의 예"로
문필 작업을 시작한 이래 그가 보여준 지적 성취는 지식인 사회 전반에
깊은 울림을 주었다. 정치학자 최장집 고려대 명예교수는 그를 가리켜
"우리 시대의 현자"라고 했다. 이처럼 학문적 경계를 넘어 지적인 업적
을 승인받는 것은 김 교수가 주로 활동한 1970~90년대에 문학이 지적
담론의 중심 역할을 했다는 사실을 고려하더라도 매우 드문 일이다.

김 교수의 50여 년간 문필 작업을 결산하는 책이 나왔다. 문광훈
충북대 교수가 김 교수의 글 가운데 정수에 해당하는 것을 뽑아 묶은
선집《체념의 조형》(나남)이다. 그는 17일 서울 세종문화회관에서 열
린 기자간담회에서 "세상이 돌아가는 형편 때문에 동네 양복점처럼 주
문 생산을 했을 뿐 좋은 글을 남기지 못한 것 같다"며 "정치를 가까이
할 필요가 없는 세상이 좋은 세상이라고 생각한다"고 말했다. 이날 간

담회에는 취재기자들만이 아니라 유종호 대한민국예술원 원장, 엄정식 서강대 명예교수, 진덕규 이화여대 석좌교수, 염재호 고려대 부총장 등 학계·언론계·출판계 인사 30여 명이 참석했다.

사회통합을 이루기 위해 형이상학에 관심 가져야
'심미적 이성'이란 단어는 80년대를 자위하며 쓴 말
—

영문학을 전공한 문학자이면서 동양의 정신주의나 서양 형이상학에 대한 깊은 관심을 갖고 있다.

모든 것을 초월해 근원적인 것을 알아야 한다는 생각을 하면 형이상학에 대한 관심이 저절로 생긴다. 한국처럼 정신적 전통이 깨어진 상황에서 근대화를 이룬 사회에서는 그런 상황을 어떻게 극복하고 하나로 통합하느냐가 중요한 과제인데 이데올로기가 그런 역할을 수행할 수 있지만 이데올로기는 동시에 사람의 생각을 죽이기도 한다. 그런 의미에서 형이상학에 대한 관심이 중요하다.

'정치를 가까이할 필요가 없는 세상이 좋은 세상'이라고 했다. 그러나 정치를 모른 척하며 살기는 어렵다. 문학 또는 인문학은 정치와 어떤 관계를 맺어야 하는가.

요순시대의 이상이 말해주는 교훈 가운데 하나는 정치란 정치 없는 세계를 만들기 위해 필요하다는 것이다. 이 지점에서 문학이 할 수 있는 일이 많다. 문학은 개인의 체험·고통·행복에 대해 말한다. 개인의 체험과 느낌에 입각해 우리 정치가 제대로 돼가고 있는지 이야기할 수 있다. 정치에 너무 많은 관심을 가질 때 문제가 될 수 있는 건 정치로 인생을 대체할 수 있다고 생각하게 된다는 점이다. '수신'을 통해 '평천하'에 이르는 것이 동양의 이상이라고 할 때 문학은 '수신'까지는 아니더라도 우리 삶이라는 구체적 바탕 위에서 '평천하'에 이르는 길에 대해 말해야 한다. 나는 이데올로기적인 문학에 비판적인 입장을 견지해왔지만 요즘처럼 기발한 이야기, 눈에 띄는 이야기에만 관심을 갖는 문학이 많이 나오는 시절에는 차라리 이데올로기적인 문학이 더 낫다는 생각도 든다.

<u>'체념의 조형'이라는 제목이 뜻하는 것은 무엇인가.</u>

'나무는 스스로에/ 금을 긋지 않으니. 그대의 체념의 조형에서/ 비로소 사실에 있는 나무가 되리니'라는 릴케의 시에서 가져온 제목이다. 사람이 어떤 사물을 인지한다는 것은 주관적인 인지능력을 통한다는 점에서 사물 자체를 객관적으로 이해한다는 것은 불가능하다. 그러나 객관적인 이해에 도달하려는 노력조차 불가능한 것은 아니다. 중요한 것은 인식에서 주관적인 요소를 줄이는 것이다. 그런 의미에서 '체념'이라고 말한 것이다. 요즘 시에는 주관적인 것이 너무 많다. 자기를 버려야 진짜 시인이 될 수 있다.

<u>올해로 희수(77세)를 맞았다. 나이 듦에 대한 생각은.</u>

인생에 대해서는 아무것도 알 수 없다는 느낌이 강하다. 다시 한 번 릴케를 인용하자면, 릴케는 삶과 죽음 중 죽음이 진짜이고 삶이란 죽음의 바다 위에 일어나는 작은 파동에 불과하다고 했다. 아주 깊은 의미를 담은 이야기다. 조심스럽게 겸손하게 살아야 한다고 생각한다.

김우창 사상 세계를 규정하는 열쇳말 중 하나가 '심미적 이성'이
다. 책에는 "유동적 현실에 밀착하여 그것을 이성의 질서 속에 거
두어들일 수 있는 원리"라고 나오는데 어떤 뜻인가.

프랑스 철학자 메를로퐁티의 개념에서 빌려온 것이다. 구체적인
뜻을 풀어 밝히는 대신 그 말을 쓰게 된 계기에 대해서만 말하겠다. 박
정희 정권이 무너진 다음 사람들은 민주적인 정부가 들어설 것이라고
기대했지만 전두환 정권이 출현했다. 비유란 그 비유의 원천이 되는 사
실을 변형하는 것인데 사실 자체와 비유 사이의 거리가 너무 멀면 비유
가 성립하지 않는다. '꽃다운 청춘'은 말이 되지만 '돌 같은 청춘'은 말
이 안 되는 것이다. 1980년 당시 우리 사회에 민주적 가능성이 충분히
존재하지 않았기 때문에 전두환 정권이 들어선 것은 아닌가라며 스스
로를 위로하기 위해 생각했던 말이다.

동아일보

신성미 기자

이 시대의 지성 김우창 교수가 《체념의 조형》 출판기념회서
한국 사회에 던진 한마디
김우창 교수 "정치를 믿고, 정치로부터 해방되는 세상이
좋은 세상"

─

"라이너 마리아 릴케는 삶이란 죽음의 바다에 이르는 하나의 파동
에 불과하다고 말했어요. 영원한 것은 죽음이고, 죽음에 이르는 과정에
서 잠깐 잘못되어 일어난 파동이 삶이라는 것이지요. 그렇게 보면 사람
이 목숨을 받아 산다는 것은 신비스러운 일이고, 좀더 겸손하게 살아야
한다는 생각을 하게 됩니다."

이 시대의 지성으로 꼽히는 김우창 고려대 명예교수(영문학)가 17
일 희수(喜壽·우리 나이로 77세)를 맞았다. 마침 그가 지난 50년간 쓴 문
학 관련 글 가운데 34편을 엄선해 엮은 신간 '체념의 조형'(나남)이 출
간된 날이기도 했다.

이날 서울 세종문화회관 예인홀에서 열린 출판기념 집담회에는 유
종호 문학평론가(대한민국예술원 회장), 진덕규 이화여대 석좌교수, 엄
정식 서강대 명예교수, 최광식 고려대 교수(전 문화체육관광부 장관), 최

맹호 동아일보 부사장 등 학계와 문화계, 언론계 인사 50여 명이 참석했다. 이들의 질문에 문학계의 거목은 시종일관 맑은 표정과 겸손한 말투로 답을 이어갔다.

책 제목 '체념의 조형'은 릴케의 시구 "나무는 스스로에 금을 긋지 않으니. 그대의 체념의 조형(造形)에서 비로소 사실에 있는 나무가 되리니"에서 따왔다. 김 교수는 "릴케의 시에는 나무를 볼 때 모든 주관적 생각을 체념하고 객관적으로 보려고 노력해야 한다는 통찰이 담겨 있다"며 "체념은 사람이 마음속에 가진 것을 버리는 것이고 조형은 사람이 만드는 것이다. 이는 심미적 인식의 기초이자 인생의 태도다"라고 말했다. 이런 사유의 연장선상에서 그는 "요즘 시인들이 주관적이고 기발한 것을 시에 많이 넣는데 그렇게 되면 시가 사회의 문화사적 정신적 역할을 할 수 없다"며 "자기를 버려야 시인이 된다"고 일침했다.

청년 시절 그는 폭넓게 세상을 공부하려는 생각으로 서울대 정치학과에 입학했지만 문학과 철학을 좋아해 영문학으로 전공을 바꿨다. 이후에도 그의 사유와 글쓰기는 영문학에 한정되지 않고 정치, 역사, 예술, 철학 전반을 아우르며 폭넓은 통찰을 제시해왔다. 그런 김 교수가 "정치로부터 해방되는 날이 오길 바란다"고 했다. "요순시대에 '정치 없는 세계를 만드는 데 정치가 필요하다'는 모순적 이야기가 나왔습니다. 정치를 믿을 수 있는 삶, 정치를 가까이 할 필요가 없는 세상이 좋은 세상입니다."

김 교수는 '수신제가 치국평천하'를 두루 이뤄야 한다고 강조했다. "문학이 요새 수신(修身)도 안 하고 평천하(平天下)도 안 하고 그저 눈에 띄는 기발한 이야기만 하려고 해요. 난 원래 이데올로기적 문학에 반감이 있었지만 요새는 차라리 그게 낫다는 생각이 들 정도입니다. 문학 하는 사람, 특히 시인은 국민의 교사라는 것을 잊지 말고 글을 써야 합니다."

전통을 현대적으로 되새겨야 한다는 조언도 했다. "우리나라처럼 정신적으로 깨진 나라를 찾기 어려워요. 서양은 200~300년 전부터 근대정신을 바탕으로 근대화를 이뤄냈지만 한국은 그런 전통이 없는 가운데 급속히 근대화를 했습니다. 외향적으로는 서양과 비슷해졌는지 몰라도 정신적으로는 너무나 혼란스럽습니다. 현재적 관점에서 새겨야 할 우리 전통이 많아요."

유종호 문학평론가는 "토마스 만은 소설 〈마의 산〉 서문에서 자신이 하는 얘기가 길어지는 데는 다 이유가 있는데, 철두철미한 것만이 우리에게 진정 흥미가 있기 때문이라고 했다"면서 "그처럼 철저함에 투철한 것이 김 교수의 사유와 글의 특징이며, 이는 우리 문학풍토에서는 유일무이하다"고 상찬했다.

세계일보

조용호 기자

'깔끔한 선비'가 말했다… "정치 잊을 수 있는 시대 오기를"
김우창 교수《체념의 조형》출간 기념회

—

'김우창'이라는 이름은 한국 지성사를 밝히는 등대 같은 존재다. 격동의 현대사를 지나오면서도 좌와 우에 휩쓸리지 않고 자신만의 존재감을 드러내는 일은 결코 쉽지 않은 능력이다. 학벌 후광만도 아니었다. 그는 서울대 영문학과를 졸업한 후 미국에 건너가 코넬대학교에서 영문학 석사 학위를, 하버드대학교에서 미국 문명사로 박사 학위를 취득하고 고려대 영문과 교수로 살았다. 하버드대 출신 한국 지식인으로는 '창비'를 거느리는 백낙청과 더불어 상징적인 양대 지식인이었다. 백낙청이 분명한 참여 지식인의 노선을 보였다면 김우창은 1970년대 후반부터 〈세계의 문학〉이라는 잡지의 편집인으로 중립적인 위상을 보였던 부분이 차별화된다.

그를 〈세계의 문학〉 편집인으로 삼고초려했다는 민음사 박맹호 회장은 "(김우창은) 좌우를 막론하고 명리에 따라 움직이지 않는 소신을 관철하는 가차 없는 사람"이라면서 "내가 함께 일해 본 사람 중에서 가장 깔끔한 선비였다"고 자서전《책》에서 술회한 바 있다. 박 회장이

"한 시절 같이 일하면서 한국 문학의 새로운 지형을 만들었다는 사실이 자랑스럽다"고 회고한 그가 지난 17일 서울 세종문화회관 예인홀에서 희수 출간 기념 자리를 가졌다.

이 자리에는 학계 문화계를 막론한 50여 명이 모여 그가 지난 50년간 쓴 문학관련 글 가운데 34개의 글을 엄선해 엮은 신간《체념의 조형》(나남) 출간을 기념했다. 이날 김우창은 "세상이 뒤숭숭하여 좋은 말씀 드리기가 어렵다"면서도 "정치를 잊을 수 있는 시대가 가능해지기를 바란다"고 모두 인사를 했다. 그는 "임금 이름도 모르고 격양가를 부르던 요순시대처럼 글도 정치로부터 멀어지면 좋겠는데, 인생 마감이 다가오는 마당에 주어진 명도 모른 채 하는 소리가 아니냐"고 쓸쓸하게 말했다.

김우창의 제자 문광훈 충북대 독문과 교수가 엄선해 수록한《체념의 조형》에 김우창은 무려 200자 원고지 320장 가까운 서문을 덧붙였다. 글쓰기에 대한 변명이다. 만연체가 특징인 김우창의 글은 찬찬히 따라 읽지 못하면 뒷 문장에서 앞 문장을 놓치기 십상이라는 우스갯소리가 따라다닌다. 그는 "글을 쓰는 일은 여러 가지 사실들을 하나의 일관성 속에 연결하려는 노력"이라면서 "더 야심적으로 말하면 사실들을 모아 사실들의 전체 내지 전체성에 이르고자 하는 일"이라고 모두에 정리해놓았다. 김우창 책으로 재기하는 〈나남문학선〉 출사표도 명문이다.

"아직도 문학의 오래된 골목 안 외딴집에는 지조 높은 문학적 언어만으로 세상과 대결하면서 문학의 위의와 시대정신을 지키는 작가와 시인이 살아 있다. 이들의 언어는 섣불리 세상의 이목을 구하지 않고 가벼이 금전과 권력의 힘에 휘둘리지 않으며 늘 깨어 있는 정신으로 세상과 인간의 숨은 모습을 바로 보려 한다. 다시 출간하는 〈나남문학선〉이 주목하고자 하는 것이 바로 이들의 문학이다."

"의로운 사회보다 어진 사회가 돼야"
사유하는 지식인의 표상 김우창
──

– 책에서 지혜 찾는 건 얼마나 어리석은가
– 정치는 정치 없는 세계 만들기 위해 필요
– 심성, 정신문화 쇠퇴가 걱정
– 통일은 '대박'이 아니라 '당위'
──

"나무는 스스로에 금을 긋지 않으니, 그대의 체념의 조형(造
形)에서 비로소 사실에 있는 나무가 되리니."

《체념의 조형》 서문은 라이너 마리아 릴케가 쓴 시의 한 대목을
인용하는 것으로 시작된다. 릴케는 창조적 직관의 힘으로 사물시(事物
詩)의 진풍경을 펼쳐낸 독일 시인. 사물에 대한 객관적 서술을 통해 관
념이 아닌 이미지를 강조하면서 언어에 조각과 같은 조형성을 부여하
고자 했다.

　지난해 12월 17일 출간된 《체념의 조형》은 김우창(77·고려대 명

예교수)의 50년 사유(思惟) 궤적을 엮은 책이다. 문광훈(충북대 교수·독문학)이 편자(編著)로서 은사가 쓴 글 34편을 골라내 엮었다. 김우창은 200자 원고지 320매 분량의 서문을 새로 썼다. 서문엔 '전체성의 모험: 글쓰기의 회로'라는 제목이 붙어 있다.

사회학자 김호기(연세대 교수)는 김우창에 대해 이렇게 썼다.

"사상가의 독자는 대중과 지식인 둘로 나뉜다. 누구는 대중의 사상가인 반면, 또 누구는 지식인들의 사상가다. 우리 사회에서 '지식인들의 사상가'를 한 사람 꼽으라면 그는 김우창이다. 이른바 '진영 논리'가 두드러진 우리 사회에서 김우창은 이채로운 존재다. 그의 문학평론은 민중문학론과 자유주의문학론의 이분법을 거부했고, 그의 사회비평은 보수와 진보, 모더니즘과 포스트모더니즘, 민족주의와 세계주의의 이분법 역시 넘어서 있었다. 그가 추구한 것은 '심미적 이성'과 이에 기반을 둔 '이성적 사회'였다."

독문학자 문광훈은 '이성적 사유의 현대적 가능성', '내면성의 사회적 확산', '반성적 사유의 교향악'을 김우창 인문주의의 열쇳말로 꼽는다.

초로에 접어든 후학들은, 그의 이름 석 자에 '진정한 정신주의자', '고독한 이성주의자'라는 수사를 붙인다. 1월 10일 서울 중구의 한 카페에서 50년 넘게 '인간이란 무엇인가'를 사유해온 노(老)사상가를 만났다.

'더불어 있음'을 잃어버린 時代

——

우리의 모든 지적 활동의 밑에 어려 있는 것은 어릴 때부터 함께 있던 꽃과 나무와 산의 그림자이다. 맨 처음의 감각적인 '더불어 있음'에 섞인 이러한 것들은 가장 근원적인 교사로서 우리의 생각과 삶을 지배한다. 또 이 교사들이 가르쳐준 것은 단순히 어린 시절의 꿈이 아니라 세계와 삶에 대한 변함없는 진실이다("꽃과 고향의 땅", 1977,《체념의 조형》에 재수록).

김우창의 인문주의는 사람이 사는 땅과 하늘, 고향의 세계에 버티고 서 있다.

"우리가 쓰는 동(洞)은 동굴, 골짜기, 골 같은 공간을 가리킨다. 우리는 길 위에 살지 않았다. 도로명 주소는 사람의 이름을 숫자로 바꾼 것과 같다. 군사령부에서나 통할 논리다. 이름은 사실의 무게를 지닌다. 동네가 군번 같은 숫자로 바뀐 것이다."

그는 "동네와 어른이 사라졌다. 되돌아갈 공동체가 존재하지 않는다. 정신적 전통이 깨져버렸다"고 개탄했다.

"제자 하나가 가르치는 학생들에게 10년 동안 이사 안 한 사람 손 들어보라 했더니 한 명도 없었다고 한다. 사람은 생물학적 존재다. 생물학적 존재는 기반이 튼튼해야 한다. 집 없는 사람, 이사 자주 가는 사람이 많을 수밖에 없는 비합리적 구조다. 사는 곳이 불안하니 심리적으로도 안정되지 않는 것이다."

그는 종로구 평창동에서 30년 넘게 살았다. 지금도 손수 자동차를 운전한다. 10여 년 전 오랫동안 탄 엑셀이 길에서 서버리는 바람에 바꾼 아반떼를 지금껏 탄다.

"우리나라 사람은 유명하려고 노력하는데 그럴 필요가 없다. 예전에 유명한 것은 동네의 좋은 어른, 충실한 일꾼을 가리켰다. 그것은 의미 있는 유명도. 막스 베버는 중국에서 역사적·계속적으로 자본주의가 발전하지 못한 까닭을 '동네 공동체', '씨족 공동체'가 강해 개인적 이득을 추구하는 동기가 적었던 것에서 찾았다. 자본주의 좋아하는 사람은 싫어할 얘기지만…. 우리는 공동체를 파괴함으로써 자본주의가 발전할 수 있었으며 자본주의가 발전하면서 공동체가 무너졌다. 정신적 전통이 깨져버린 곳에서 다시 태어난 나라가 됐다. 겉으로는 서양 비슷하게 근대화됐을지 몰라도 할 일이 많은 곳, 너무나 혼란스러운 나라다."

권력과 부의 줄달음질
—

오늘날 우리의 삶이야말로 병적인 조급함과 헷갈리는 목적으로 특징지어지게 되었다. 세우고 뜯고, 궁리하고 뛰고, 권력과 부의 줄달음하는 일은 우리 주변을 현란하게 하고 알지 못하는 사이에 우리 자신의 마음과 삶에 조급함을 삼투(渗透)하게 한다. 그리하여, 마음이 정체를 알 수 없는 설렘과 불안한 흔들림의 상태에 떨어진다. 이것을 잠시라도 잠재울 수 있는 것은 그렇지 않아도 끊임없이 자극되는 소비재에 대한 욕망의 만족이다. 흔들리고 있는 마음은 욕망의 온상이 되고, 그것은 시장이 제공하는 상품이나 지위와 멋에 의하여 일시적으로 평화를 찾는 것이다("고요함에 대하여", 1985, 《체념의 조형》에 재수록).

사회가 소란스럽습니다.

새로운 구조 탓인 것 같다. 흔들리는 이유에 대한 전체적 이해가 성립돼야 한다. 1950년대 말, 1960년대 초는 없는 시대, 가난한 시대였다. 역설적이지만 편리한 점도 있었다. 먹고사느라 바빠 다른 생각을 할 틈이 없었다. 젊은 사람이 구직하기 어려운 것은 그때나 지금이나 마찬가지지만, 1950~60년대의 불안과 오늘의 불안에는 차이가 있다. 먹고사는 문제를 해결했으니 좋다 하겠지만 정신 상태도 좋아졌느냐를 생각해봐야 한다. 2008년 금융위기 이후 그리스의 많은 사람이 농촌으로 돌아갔다고 한다. 농촌이 건강하게 살아남은 덕분이기도 하고, 농촌이 상업화해 경쟁력을 갖췄기 때문이기도 하다. 우리에겐 돌아갈 농촌이 존재하지 않는다. 그렇다고 우주로 갈 수도 없다.

돌아갈 공동체가 없어 불안하다는 뜻입니까.

눈에 보이지 않는 사람 사는 구조가 사라졌다. 또한 마음을 지배하는 정신적 지침이 없다. 사회의 전체적인 심성과 정신문화가 쇠퇴했다.

실용의 수익모델이 사회를 지배한다. 이익이 보장되면 선(善)이다. 시장에서의 경쟁력은 지상의 척도가 돼버렸다.

그는 "마음의 실체는 고요함"이라고 했다.

"생각하면서 살고, 살면서 생각해야 한다. 생각하려면 일어나는 일에서 거리를 유지해야 한다. 은둔자가 되라는 얘기는 아니지만, 거리를 유지하면 마음의 공간이 생긴다. 고요함의 순간, 외부의 자극에 흔들렸던 욕망이 의미 없음을 깨닫는다. 대세를 좇아가려 하니 자기 마음대로 살 수 없다. 뜻하는 대로 살 수가 없는 것이다."

마음대로 산다는 게….

맹자는 구방심(求放心)이라고 했다. 달아난 마음을 구해서 찾아와야 한다. 사람들이 좇는 것은 사회가 시키는 것이지 자기 마음이 아니다. 자기가 원하는 게 무엇인지 참으로 알려면 생각해야 한다. 그 순간이, 고요해지는 순간이다. 더 깊이 생각하면 마음이 더욱 고요해진다. 사유는 혼자 생각하는 것이 아니라 사물에 대해 생각하는 것이다. 사물을 받아들여야 생각할 수 있다. 생각해야 사물을 받아들일 수 있다. 그 과정에서 사물과 생각 사이에 왜곡이 일어난다. 사람과 생각 사이의 간격을 줄이려는 노력이 사유다. 자기반성을 포함한 사유 노력이 있어야만 사물을 객관적으로 이해할 수 있다. 또한 합리적 사유에 이르려면 여러 사람과 얘기를 주고받아야 한다. 개인이 객관적 세계를 체험해 보편성에 다가서면 체험의 세계가 넓어지고 인간의 주체적 의식으로 되돌아온다.

그의 인문사상을 가로지르는 핵심은 '심미적 이성'과 '이성적 사회'다. 이성은 현실에서 나오고 이 나옴을 통해 현실에서 분리되며 또 이상에 따라 행동함으로써 다시 현실로 들어간다. 구체적 현실 속에서 보편을 추구하는 과정에서 현실과 이성은 끊임없이 교환된다. 사유는 객관을 통해 보편으로 나아가려고 노력하는 것이다.

그는 "고요함에 대하여"의 마지막 문장을 이렇게 썼다

"오늘날의 소음들 속에서 우리가 상실한 것은 스스로를 온전하게 유지하며, 바깥세상에 밝고 기민하게 반응하고 여러 사람의 의견들을 하나로 종합될 수 있게 하는, 마음의 근본적 고요함이다."

초로의 나이에 접어든 후학들은 '김우창론'을 쓰면서 '고독한 이성주의자' '진정한 정신주의자'라는 수사를 붙인다.

정치와 소통

—

"정치를 가까이 할 필요가 없는 세상이 좋은 세상이다. 정치로부터 해방되는 날이 오기를 바란다."(지난해 12월 17일《체념의 조형》출간 집 담회에서)

그는 "전략적으로 생각하는 것에 혐오감을 갖고 있다"고 말했다. 정치가 바로 전략의 논의이며, 명분은 집단의 이익이다.

"정치는 이 재미없는 세상에서 가장 좋은 흥분제다. 그래서 나는 정치를 멀리하기를 원했다."

그는 1954년 서울대 정치학과에 입학했으나 적성에 맞지 않아 영 문학으로 전공을 바꿔 1958년 졸업했다. 1961년 코넬대에서 영문학 석사학위를 받았다. 1968년 하버드대로 다시 유학을 떠나 1975년 문 학박사 학위를 득했다.

"정치학에서 영문학으로 전공을 바꾼 것은 어릴 적부터 철학, 문학 에 관심이 많았기 때문이다. 하고 싶은 공부를 선택하는 과정이었을 뿐 이다. 정치에 혐오를 느낀 것은 나중의 일이다"

그는 "정치를 가까이 할 필요가 없는 세상이 좋은 세상이라는 말 은 역설적인 얘기"라면서 "정치가 없으면 만인전쟁(萬人戰爭)이 된다. 정치를 잘해야 정치를 가까이 할 필요가 없어진다. 정치란 정치 없는 세계를 만들기 위해 필요하다"고 말했다.

"예컨대 용미(用美)라는 표현은 전략적이다. 정치의 언어다. 미국 사람이 바보가 아닐진대 미국을 어떻게 이용할 수 있겠나. 나라들 간 관계는 보편적 이상에 호소하는 방식으로 풀어가야 한다. 한일관계를 보자. 우리가 이렇게 하면 일본이 저렇게 할 것이라고 생각하는 것이 정치 전략이다. 그 경우에도 전략이 아닌 인간의 보편적 이상에 호소해야 한다. 남북관계도 마찬가지다. 민족의 장래를 위해 이렇게 하자고 호소해야 한다. 뭘 줄 테니 뭘 내놓아라 식의 전략적 사고로는 안 된다."

그는 "대통령이 어떻게 통일을 '대박'에 비유할 수 있느냐"면서 다음과 같이 말했다.

"통일이 대박이다? 그것은 참으로 해석하기 어려운 말이다. 모든 사람이 대박을 위해 쫓아다니니 그 말을 이용한 것 같다. 통일을 대박이라는 이해 관점에서 생각하는 것은 문제다. 경제적 이익이 되면 좋은 것이다? 그렇게 설명해서는 안 된다. 대통령이 그것만 강조한 것은 아닌데, 그 발언을 비중 있게 다룬 언론이 더 큰 문제다. 좌익이건 우익이건 대중적인 것에 지나치게 호소하는 경향이 있다. 심성과 정신문화가 쇠퇴하는 게 걱정이다. 통일은 당위의 문제다. 이익이 생기고 말고 하는 것은 부차적인 문제다. 통일을 어떻게 하느냐를 돌봐야 한다. 윤리적 이념의 연쇄관계 속에서 사람이 어떻게 화합해서 사느냐를 고민해야 한다."

통일은 남는 장사, 이득이라는 시선으로 논할 사안이 아닌 가치 구현이며 치유와 회복이라고 그는 생각한다.

"무엇이 소통인가? 소통은 제도적으로 돼 있어야 한다. 국회의원을 선출하는 것 자체가 소통이다. '저 사람 말이 안 통해'라고 말하는 것은 '내 말을 듣지 않는다', '내 말대로 안 한다'고 떼를 쓰는 것일 뿐이다. 수많은 사람을 만나 얘기를 듣는 것은 국정을 담당한 사람의 시간 낭

비다. 조선왕조 때 백성 얘기를 들어야 한다고 해서 임금이 경복궁 앞에 나와 동원된 이들과 대화를 했다. 그게 소통인가. 행사로서 하는 것일 뿐이다. 진짜 소통은 임금이 보통 사람의 생활을 이해하고, 무엇을 해야 할지 고민하는 것이다.

대통령이 신년 기자회견에서 통일 얘기, 경제 얘기를 많이 했다. 그런데 소통이 잘 안 됐다. 국민이 가장 문제 삼는 것을 말하지 않았기 때문이다. 많은 사람이 관심을 가진 것에 대한 언급이 없었다. 1인당 소득 4만 달러가 되면 복지가 어떻게 되고, 빈부격차가 어떻게 해소되며 하는 것들이 빠져 있다. 경제가 잘 돌아가야 복지도 해결되고 복지가 잘 돼야 경제도 안정된다는 것을 설명해야 했다. 4만 달러가 되면 개인의 삶은 어떻게 바뀌는 것인가? 나는 대통령이 소신대로 하는 것은 좋다고 생각한다. 대통령의 소신을 국민이 자신의 관심사 속에서 이해하게 하는 게 소통이다. 케네디가 '바다에 물이 들어오면 큰 배고, 작은 배고 다 같이 뜬다'는 말을 한 적이 있다. 그 말엔 모든 사람을 배려하겠다는 뜻이 담겨 있다. 그것으로서 소통이 된 것이다."

고독한 이성주의자, 진정한 정신주의자
—

"인의예지(仁義禮智)라고 할 때 '인'이 위고 '의'가 두 번째로, 인이 더 위에 있는 것이지요. 기독교에서도 정의를 중요시하지만 더 중요한 게 사랑이고, 불교에서도 진리를 존중하지만 제일 중요한 것은 자비지요. 인간의 많은 문제는 부분적 덕성으로 설명할 수가 없기 때문이지요. 사회정의도 중요하지만 그 자체로 아름다운 덕성을 살리는 것이 중요합니다. 사회정의를 위해서 이놈 꼭 죽여야 한다고 하다가도 차마 못하는 것이 인간 마음의 자연스러운 움직임이지요. 그리고 궁극적으로 건전한 인간사회를 만드는 통로일 것입니다. 정의 하나만 가지고는 참된 정의가 실현되지 못하지요. 정의와 더불어 사랑도 있고 인간애도 있고, 여러 가지 연결 속에서만 인간의 진리는 유지될 수 있지요."(《세 개의 동그라미 ― 마음·지각·이데아》, 2009)

그는 "글을 쓴다는 것은 여러 가지 사실을 일관성 속에 연결하려는 노력이다. 사실들을 모아 사실들의 전체성 내지 전체성에 이르고자 하는 일이라고 할 수 있다. 또한 거꾸로 준비한 전체성으로 사물들을 재단하려는 것"이라고 밝힌다. 문학은 마음의 공간이 전달되는 것이다. 읽기는 나의 밖으로 나아가려는 움직임이다. 다른 세계로의 출발이다. 쓴 사람의 마음을 읽는 것이다. 그는 묻는다. "책에서 책으로 건너 헤매어 그 안에서 지혜를 찾을 수 있다고 여기는 것은 얼마나 어리석은가?" 이데올로기에 대해 그는 이렇게 말한다.

"이데올로기는 그 나름의 의미가 있으면서 또한 사람의 생각을 죽이는 것이 되기 때문에 그것을 넘어서 모든 사람이 화해할 수 있는 근원이 무엇이냐, 그런 것을 생각하면 형이상학적인 관심이 생기는 것이 아닌가 하는 느낌이 있다. 마르크스를 현재를 이해하는 도구로 사용해야지 마르크스의 말대로 세상을 바꾸려고 해서는 안 된다. 애덤 스미스 또한 사회를 이해하는 도구로 이용해야지 그의 말대로 모든 것을 하려고 해서는 안 된다."

그는 한국 사회가 나아가야 할 방향은 사회민주주의 혹은 민주사회주의라고 본다. 그것이 우리의 전통과 지향에 부합한다는 것이다.

"민중적인 기반엔 3가지가 있다. 첫째로 별생각 없이 사는 사람은 보수적인 사람이 되기 싫다. 그냥 이대로 살자는 것이다. 둘째로 민중의 흐름에 호소해 대중운동을 하는 사람이 있다. 마지막으로 현실과 미래에 대한 지적인 분석에 입각해 정치 프로그램을 만드는 사람이 있다. 오늘 아침 진보당, 노동당 같은 정당이 잘 안 된다는 뉴스를 봤다. 진보주의는 근본적으로 높은 지적인 분석에 입각해서 나오는 것이다. 보통 사람들이 그들의 프로그램을 알아들을 수 있어야 한다. 문화가 지적인 것을 수용할 수 있어야 한다는 얘기다. 진보주의가 성립하려면 반드시 높은 의미에서의 세련된 지적 풍토가 있어야 한다고 주장하는 것은 아니지만 사회 통합에 대한 지적 이해가 사람들의 바탕에 존재해야 한다. 독일 같은 곳에서 통합, 연립, 사회민주주의가 가능한 것은 유권자가 지적인 이해를 갖추고 있기 때문이다.

지난해 11월 스위스에서 기업 임원의 임금이 같은 회사의 최저 임금 노동자의 12배를 넘지 못하도록 규제하는 것을 두고 국민투표가 실시됐다. 그런 법안이 발의되는 사회라는 것도 의미가 있지만, 국민이 그것을 부결시킬 지적 토대를 갖고 있다는 게 더욱 놀라웠다. 예전에 선진사회, 후진사회를 생각할 때 먹고살 만하니 사람들이 정직해지는 것이라고 여겼는데, 그게 아닌 것 같다. 반대도 있는 것 같다. 함부로 얘기할 문제는 아니지만 영국, 독일이 이탈리아, 스페인보다 잘되는 것은 근면, 정직해서인 것 같다. 윤리적인 문화, 지적인 문화가 중요해 보인다.”

그는 “선하게 살려면 결심을 해야 하는 곳은 좋지 않은 사회”라고 말했다.

“벤저민 프랭클린의 격언 중에 정직은 최선의 정책이라는 말이 있다. 그렇다면 정직이 최선의 정책이 아닌데 정직해야 할 때는 어떻게 하나? 정직하게 얘기하면 누가 죽거나 하는 큰 문제가 발생할 때 어떻게 할 것인가. 이렇듯 인간의 상황은 복잡한 전체성에서 존재한다. 지(智)는 시시비비를 가리는 것이다. 지보다 중요한 게 예(禮)다. 사회가 정의로우면 예를 지키기가 쉽다. 의(義), 정의롭게 따지는 것보다 인(仁)이 더욱 중요하다. 의에 따라 사는 것은 서로 존중하는 관계가 없다는 것이다. 어진 사람의 세상은 정의를 따질 필요 없다. 빼앗아가는 사람이 없는데 따질 일이 있겠는가."

조선일보

어수웅 기자

"치국평천하(治國平天下) 외치는 사람,

수신(修身)도 제대로 못해"

희수(喜壽)맞은 김우창 고려대 명예교수

—

"이 자리에 모시는 데 딱 77년 걸렸습니다."

엄숙한 분위기가 순간 풀어졌다. 17일 서울 세종문화회관 예인홀에서 김우창(77) 고려대 명예교수의 책《체념의 조형 — 전체성의 모험》(나남) 출판기념 집담회(集談會)가 열렸다. 학술 모임 같은 이름이지만, 여러 의미가 있는 자리. 집에서 쇠는 실제 생일은 따로 있다지만, 호적상 77세 희수(喜壽)를 맞은 날인 동시에 생애 첫 기자 간담회 자리이기도 했다. 40여년 전 첫 책《궁핍한 시대의 시인》(1977)을 펴낸 이래, 그는 한국 인문학의 한 정점으로 꼽혀 왔다. 하지만 2005년 프랑크푸르트 북페어 주빈국(한국) 조직위원장으로서의 기자회견을 제외하면 이런 자리는 처음. 이유를 묻자 "유명인사도 아닌데 무슨…"이라며 손을 저었다. 그리고 여담이라며 '유명 인사'의 정의를 덧붙였다. 유명 인사가 되기 위해 노력할 필요가 없다는 것. 자기 집에서건, 동창회에서건, 문학계에서건, 우리 모두 누군가에게는 이미 유명 인사라는 것이다.

그동안 간담회를 사양한 것에 대한 우회적 겸양이었다.

서울대 정치학과에 입학했지만, 영문학과로 옮겨 졸업했고, 하버드대에서 박사학위를 받고 국내로 돌아와 평생 고려대·이화여대에서 가르쳤다. 흐르는 물 같은 예술가의 문체를 지닌 '투철한 이성주의자'로 꼽히는데, 방점은 '투철'에 있다. 평소 칭찬에 인색한 유종호 예술원 회장이 축하를 겸해 일화를 들려줬다. 1990년대 초반 일본 체류 당시 우리나라가 그들보다 나은 장점을 열심히 찾아봤다는 것. 독서량이나 청결 의식 등 모든 것이 뒤지는데, 단 두 가지. 연호(年號·당시 쇼와)를 쓰는 그들과 달리 우리는 서기(西紀)를 쓴다는 점, 또 하나는 일본 신문의 시시한 필자들을 보고 있자니 '김우창'이 생각나더라는 것이다. 그는 "한 문제를 철저하고 투철하게 다루는 글과 사유의 태도, 우리 문학 풍토에서는 유일무이한 존재"라고 했다.

평소 여러 번 읽어야 이해할 수 있는 저술로 이름났지만, 이날의 김 교수는 명료하고 구체적인 에피소드로 자신의 사유를 요약했다. 정치학 그만두고 영문학으로 옮긴 '청년 김우창'의 선택부터 그랬지만, 그의 소신은 "정치 가까이 할 일 없는 세상이 좋은 세상"이라는 것. 요순시절 농부들이 격양가(擊壤歌) 부르듯, 정치를 잊을 수 있어야 좋은 삶이라는 것이다.

김 교수는 이날 북한의 장성택 처형 사건을 여러 번 언급했다. 그는 "마음이 아주 심란했다"면서 "어떤 이념적 정당성을 대더라도 최근 북에서 일어난 일들을 보면서 우리가 느끼는 것은, 사람이 이렇게 죽어도 되나, 이건 곤란하지 않나"라고 했다.

그는 "정치에의 관심도 중요하겠지만, 정치가 인생을 대체할 수는 없다"면서 "수신(修身), 제가(齊家) 후에 치국평천하(治國平天下)는 모르지만, 치국평천하를 먼저 부르짖는 사람들이 수신 제대로 하는 것은 못 봤다"고 했다.

77세. 그는 토머스 하디의 시를 인용하면서, 나이 듦에 대해 말했다. "나이를 먹어야 세상을 깨닫는데, 깨닫고 나면 그때는 아무 소용도 없는 나이가 된다"는 것. 김 교수는 '현재의 중요성'을 강조하면서 "허무하다고 비판할 수도 있겠지만, 알 수 없는 게 인생이니만큼 좀더 너그럽고 겸손하게 살아야 한다는 사실을 이 나이에 깨닫는다"고 했다.

이날 제자인 57세의 고려대 이남호 교수가 화동(花童) 역할을 자처하며 보자기에 싼 책을 봉정했다. 희수 축하 시루떡은 70대 이상인 유종호 예술원 회장, 엄정식 서강대 명예교수, 진덕규 이화여대 명예교수가 함께 잘랐다. 김인환, 최광식, 염재호, 김형찬 고려대 교수, 소설가 김용희, 시인 이영광, 서울대 오생근 명예교수 등 50여 후학들이 이 생일잔치, 첫 기자간담회를 축하했다.

치국·평천하 하면 수신 된다고 다들 착각

희수 맞아《체념의 조형》낸 인문학자 김우창 고려대 교수

—

김우창 교수는 "정치는 재미없는 세상의 재미있는 흥분제지만, 가까이 할 필요가 없어야 좋다"고 말했다.

과장이 아니었다. '무변광대'(無邊廣大)라는 수식어는 그에게 맞춤 같은 말이었다. 한국을 대표하는 인문학자인 김우창(77) 고려대 명예교수의 책《체념의 조형》(나남)의 출간을 기념해 17일 서울 세종문화회관 예인홀에서 열린 집담회(集談會)는 문학과 역사, 정치·철학·예술을 아우르는 인문학자의 면모를 다시금 확인하는 자리였다.

전남 함평 출신으로 서울대에서 영문학을, 미 하버드대에서 문학·철학·경제사를 공부한 그는 이분법적 진영논리를 넘어선 문학비평과 사회평론을 해 왔다. 희수(喜壽)를 맞아 출간된 책은 그의 50여 년의 문학여정 중 정수만을 모은 문학선이다. 그는 원고지 320장 분량의 서문만 추가했다.

책의 제목은 라이너 마리아 릴케의 시 '나무는 스스로에 금을 긋지 않으니, 그대의 체념의 조형(造形)에서 비로소 사실에 있는 나무가

되리니'에서 가져온 것이다.

그는 "사물을 제대로 인지하고 인식하려면 주관적인 것을 체념하고 객관적으로 보려고 노력해야 한다. 주관을 체념하고 조형해야만 제대로 볼 수 있다"고 말했다.

그는 문학에서 나타나는 주관의 과잉을 안타까워했다. "요즘의 문학은 어떻게 하면 눈에 띄는 것, 기발한 것을 이야기할 수 있을까 고민하는 듯하다. 문학에서 이데올로기를 말하는 것을 싫어했는데 차라리 이데올로기적인 문학이 나은 것 같다."

문학의 역할과 관련해서는 "문학은 이념을 넘어 개인적 체험을 말하는 데서 시작해 공통의 가치를 재건하는 것이다. 문학은 고통과 행복 등 개인적 체험을 이야기하기 때문에 그것을 점검하며 정치가 제대로 돌아가는지도 말할 수 있다"고 말했다.

거대 담론만이 난무하는 세태도 지적했다. "변화의 시대에 정치에 너무 많은 관심을 가지면 끌려가기 쉬워요. 우리는 정치로 인생을 대체할 수 있다고 생각합니다. 치국(治國)과 평천하(平天下)하면 수신(修身)도 된다고 착각해 다들 굉장한 것부터 이야기하죠. 모두 대통령감이에요. 문학도, 수신까지는 아니라도 사는 것이 구체적으로 어떤 것인지 말하면서 평천하까지 이야기할 수 있어야 하는데…."

정치학과로 진학했다가 전공을 바꾼 그는 정치 지도자가 간과하기 쉬운 집단과 개인의 문제에 대해 예리하면서도 묵직한 대답을 내놨다. "정치를 움직이는 것은 집단적 관점의 생각이에요. 개인을 생각하면 정치 문제를 해결하기 어렵죠. 그러니 개인을 배제한 생각을 일단 수용해야 합니다. 하지만 집단적 사고방식을 당연하게 여겨서는 안돼요. 배제된 개인을 생각하는 '비극적 의식'이 있어야 합니다." 전쟁에 참전해 희생자가 상대적으로 적었다고 잔치를 열 수는 없다는 것. 희생자 한 사람, 한 사람에게는 절대적인 죽음인 만큼 그 비극적 요소를 염두에 둬야 한다는 설명이다.

개인의 양심과 직업적 제약이 충돌하는 경우에 대해서도 쓴소리를 아끼지 않았다. 특히 법정신을 넘어서 법관 개인의 양심에 기초한 판결을 하거나 교단을 정치의 장으로 만드는 경우에 대해서는 비판적 시각을 드러내며 "개인의 양심은 보편성과 개인적 편견 양쪽에 맞닿아 있는 만큼 자기 비판적인 태도를 유지해야 한다"고 강조했다.

연합뉴스

김영현 기자

김우창 "詩는 교사…기발한 이야기만 해선 안돼"
희수 축하연 겸한 《체념의 조형》 출판기념 행사 열려
—

"문학, 특히 시(詩)는 국민의 교사라는 점을 잊지 말아야 합니다. 요즘은 기발한 이야기를 해서 눈에 띄어볼까 하는 시가 너무 많습니다."

우리 시대의 대표적인 석학으로 꼽히는 문학평론가 김우창 고려대 명예교수가 요즘 문학 세태를 꾸짖으면서 문학의 소명에 대해 이야기했다.

김 교수는 17일 세종문화회관 예인홀에서 열린 자신의 저서 《체념의 조형》 출판기념 집담회(集談會)에서 "먼저 수신(修身)을 하다보면 나라에 도움을 줘야겠다는 생각이 드는 게 자연스러운데 반대로 평천하(平天下)하면 수신이 되는 것으로 착각하는 이들이 너무 많다"고 지적했다.

그는 "문학도 수신까지는 아니더라도 사는 것이 구체적으로 어떤 것인지 말하면서 평천하까지 이야기할 수 있어야 한다"며 "하지만 요즘은 수신도, 평천하도 하지 않고 기발한 이야기만 해서 눈에 띄어볼까 하는 문학이 많다"고 최근 문학 경향을 꼬집었다.

문학의 본질과 관련해서는 "문학은 자신의 체험에서 시작해 공통된 가치가 무엇인지 재건하려고 애써왔다"며 "문학은 고통과 행복 등 개인적 체험을 이야기하기 때문에 그것을 점검하면서 정치가 제대로 돌아가는지도 말할 수 있다"고 밝혔다.

그러면서 문학과 이 시대의 소명까지 언급했다.

김 교수는 "우리나라는 전통 등 정신적인 것이 다 깨진 상태에서 새로 태어났다"며 "외양은 서양 비슷하게 근대화됐지만 속으로는 해야 할 일이 많다. 정신적 가치를 만들어내는 것이 우리에게 주어진, 시대가 우리에게 맡긴 임무"라고 강조했다.

1977년 첫 저서 《궁핍한 시대의 시인》을 출간한 김 교수는 《지상의 척도》(1981년), 《심미적 이성의 탐구》(1992년), 《이성적 사회를 향하여》(1993년), 《정치와 삶의 세계》(2000년), 《세 개의 동그라미 — 마음·지각·이데아》 등을 통해 문학을 넘어 여러 분야에서 통찰력을 보여왔다.

여러 매체에 칼럼을 쓰면서 세상사에 날카로운 식견을 드러내 온 만큼 이날도 정치, 예술, 철학, 역사 등 여러 주제를 아울렀다. 이날 행사에는 문학평론가 김인환, 유종호, 김용희, 염재호 고려대 부총장, 진덕규 이화여대 석좌교수, 최광식 전 문체부 장관 등이 참석해 김 교수와 이야기를 나눴다.

김 교수는 최근 장성택 처형 등 북한에서 발생한 권력투쟁을 거론하며 "이데올로기를 떠나 사람이 이렇게 죽어도 되는가, 권력이 이렇게 싸우고 투쟁해도 되는가 라는 느낌이 들 것"이라며 "직접적인 느낌이 이념적으로 느끼는 것보다 보편적이다. 그렇게 형이상학과 철학에 관심을 가질 수 있다"고 말했다.

전통과 관련해서는 '보존과 재해석'을 강조했다.

김 교수는 "문화재를 복원한다는 말이 있는데 시간이 흘러가는 것을 무시하는 말"이라며 "원상복구라는 단어는 말 자체가 불가능하다. 다만 옛날 것을 보존하되 오늘날에 비춰 재해석하는 게 중요하다"고 말했다.

이날 행사에서는 그의 저서《체념의 조형》봉정식도 열렸다. 이 책은 문광훈 충북대 독문과 교수가 김 교수의 글 가운데 핵심만을 뽑아 담았다.

김 교수는 책 발간을 기념해 원고지 320매 분량의 서문 "전체성의 모험: 글쓰기의 회로"를 추가했다.

아울러 희수(喜壽, 77세)를 기념한 축하연도 마련됐다.

그는 "인생은 정말 아무것도 알 수 없으니 너그럽게 살아야 하고, 목숨을 받아서 사는 게 신비하니 겸손해야 한다는 교훈을 얻었다"며 "현재에 즉(卽, 의거)해서 살아가야 하는 게 인생"이라고 말했다.

《체념의 조형》은 8년 만에 다시 출간하는 〈나남문학선〉 시리즈의 첫 번째 책이다. 〈나남문학선〉은 1984년 이청준의《황홀한 실종》을 시작으로 박경리, 이문구, 이문열, 황석영, 최인호, 김승옥 등의 소설집과 김지하, 황동규, 신경림, 고은 시인 등의 작품을 냈지만 2005년 43번째 책《김종삼전집》(권명옥 엮음)을 끝으로 발간되지 않았다.

정치로부터의 자유… 주관 없애는 체념 필요하다

김우창 희수 기념 문학선집 발간

"우리 시·소설엔 주관 너무 많아 자기를 버려야 비로소 자기가 돼",

"정치 잊을 수 있는 삶 됐으면"

———

지난 17일 오전 세종문화회관 예인홀. 문학평론가인 유종호 대한
민국예술원 회장, 진덕규 이화여대 석좌교수, 최광식 전 문화체육관광
부 장관, 염재호 고려대 부총장, 엄정식 서강대 명예교수, 문학평론가인
오생근 서울대 명예교수와 김인환 고려대 명예교수 그리고 이남호 고
려대 교수, 권혁범 대전대 교수, 권혁태 성공회대 교수, 김용희 평택대
교수, 이영광 시인 등이 한데 모였다. 원로 문학평론가 겸 인문학자 김
우창의 희수연을 겸한 문학선집 《체념의 조형》 출판기념 집담회였다.

집담회란 특정 분야 전문가 또는 관계자들이 한데 모여 어떤 주제
에 관해 이야기를 나누는 모임을 가리킨다. 이날 집담회의 주인공이자
주제는 김우창이었고 그를 위한 재료가 《체념의 조형》이었다. 김우창
의 제자인 문광훈 충북대 교수가 스승의 글 가운데 34편을 골라 묶었
다. 문학이란 무엇인가, 문학예술의 바탕, 사회 속의 인간 현실 안의 문

학, 반성적 비판적 사유, 고요·맑음·양심·내면성 ― 문학의 추동력, 심미감각 ― 경험과 형이상학 사이, 시적인 것의 의미, 비교문학적 비교문화적 차원 같은 장별 제목을 보면 김우창의 사유와 글쓰기가 어디를 향하는지를 짐작할 수 있다.

"재미없는 세상에서 가장 큰 흥분제가 정치이고 모두가 정치에 신경을 써야 하는 것은 사실이다. 그러나 나는 정치를 가까이할 필요가 없는 세상이 좋은 세상이라고 생각한다. 정치를 잊을 수 있는 삶이 가능해지기를 바란다. 글도 정치에서 멀리 있는 글을 쓸 수 있었으면 하고 바란다."

집담회의 모두 발언에서 김우창은 북의 장성택 처형과 남의 어지러운 정치 현실을 거론하며 '정치로부터의 자유'를 역설했다. 《궁핍한 시대의 시인》(1977)이라는 그의 첫 평론집 제목 또는 이번 선집의 장별 제목에서도 보다시피 그는 문학과 현실의 관계에 대해 무지하거나 무관심한 쪽이 아니다. 그럼에도 짐짓 정치로부터 거리를 두려는 듯한 발언에 궁금증이 일었다. 모두 발언 뒤 질문 시간에 문학과 정치의 관계는 어떠해야 하는지를 다시 물었다.

"문학은 개인적 고통과 행복을 다루는 예술이며 그걸 점검하면 정치가 제대로 되어 가는지 알 수 있다. 그러나 너무 정치에 많은 관심을 가지면 정치로써 인생을 대체할 수 있다고 생각하게 된다. 수신제가치국평천하라는 말을 보자. 수신하다 보면 나라에도 도움을 줘야겠다고 생각하는 게 자연스러운 일일 것이다. 그런데 거꾸로 치국평천하를 생각하면 저절로 수신이 되는 듯 오해하는 이들이 있다. 문학은 수신까지는 아니라도 삶의 구체성을 보면서 그것이 어떻게 평천하에까지 이를 수 있는가를 따지는 일이라고 생각한다."

《체념의 조형》이라는 책 제목은 그가 이번 문학선의 서문 격으로 쓴 원고지 320장짜리 긴 글 "전체성의 모험: 글쓰기의 회로" 앞머리에 경구 삼아 인용한 릴케의 시구 "나무는 스스로에/ 금을 긋지 않으니. 그대의 체념의 조형에서/ 비로소 사실에 있는 나무가 되리니"에서 따왔다. 시를 읽어 보아도 아리송하기만 한 제목의 의미에 대한 질문이 던져졌다.

"사람이 사물을 완전히 객관적으로 인지하는 건 불가능한 일이다. 그러나 그렇다고 해서 객관적 인지 능력이 아예 없는 건 아니다. 객관적 인지에 가깝게 가기 위해서는 주관을 없애는, 체념이 필요하다. 릴케의 시는 주관을 체념하고 나무를 객관적으로 보도록 해야 한다는 뜻으로, 미학적 사물 인식에 대한 깊은 통찰을 담고 있다. 우리 시·소설에는 너무나도 주관이 많이 들어 있다. 자기를 버려야 비로소 자기가 된다는 걸 상기했으면 한다."

노학자는 "이 나이가 되고 보니 어디까지나 현재에 즉해 사는 게 중요하다는 깨달음이 생겼다. 인생이란 게 알 수 없는 것이고 허무에 닿아 있는 것이기 때문에 더욱 너그럽고 겸손하게 살아야 한다"는 말로 집담회의 발언을 마무리했다.

초청장

김우창《체념의 조형》출판기념 집담회

2013. 12. 17. 화. 오전 11시~오후 1시, 세종문화회관 예인홀

한국 인문학을 세계수준으로 올린 김우창 선생님의 50년
사유(思惟)의 궤적을 담은《체념의 조형》이 출판되었습니다.
우리 시대의 대표적 석학(碩學)인 선생님께서는 '문학평론가'라는
세칭의 틀을 벗어나 역사, 정치, 예술, 철학 등을 아우르는 거대하면서도
섬세한 통섭적 통찰력을 보이셨습니다.
문학의 오래된 골목 안을 조용히 밝히는 등불이 되고자 다시 출간하는
〈나남문학선〉의 첫 번째 책으로 선생님의 문선(文選)을 낸 것은
한국 문학사에서 의미 있는 일로 기록될 것입니다.
오늘 이 집담회에 오신 문학예술계, 학계, 언론출판계의 여러 귀빈들께서는
김우창 선생님과의 진지한 대화를 통해 새로운 문학의 시대를 여는
열쇠를 찾으시길 바랍니다.
동참해주셔서 감사합니다.

집담회 순서   개회사 — 조상호 나남출판 대표이사
　　　　　　　　　　　김우창 선생님 모두(冒頭)말씀
　　　　　　　　　　　기자 간담회
　　　　　　　　　　　《체념의 조형》봉정
　　　　　　　　　　　생신 축하 케이크 세레모니
　　　　　　　　　　　포토 세션
　　　　　　　　　　　점심 식사 겸 집담

참석 인사(가나다 순)   김우창 선생님

문화예술계   김서령 저술가, 이야기부엌 대표
          김용희 문학평론가, 소설가, 평택대 교수
          김인환 문학평론가, 고려대 명예교수
          양선희 소설가, 중앙일보 논설위원
          오생근 문학평론가, 서울대 명예교수
          유종호 문학평론가, 대한민국예술원 회장
          이남호 고려대 교수, 지훈상 운영위원
          이영광 시인

학계   권혁범 대전대 교수
          권혁태 성공회대 교수
          김태현 성신여대 사회복지학과 교수
          김형찬 고려대 철학과 교수
          문광훈 충북대 독문과 교수,《체념의 조형》편집인
          엄정식 서강대 명예교수
          염재호 고려대 부총장
          진덕규 이화여대 석좌교수
          최광식 고려대 교수, 전 문화체육관광부 장관
          하정자 이기용 고려대 교수 부인
          고미석 동아일보 논설위원

언론계	곽윤섭 한겨레21 사진부장
	박윤석 저술가, 언론인
	박해현 조선일보 논설위원
	김영현 연합뉴스 차장
	어수웅 조선일보 차장
	신성미 동아일보 기자
	임병걸 시인, KBS 국제부 부장
	정원식 경향신문 기자
	정철훈 소설가, 국민일보 부국장
	조용호 소설가, 세계일보 문학전문기자
	최맹호 동아일보 부사장
	최재봉 한겨레 문학전문기자
	하현옥 중앙일보 기자
출판계, 법조계	고승철 나남출판 주필 겸 사장
	유성근 삼화인쇄 회장
	정영진 김&장 변호사
	조상호 나남출판 대표이사, 나남수목원 이사장

사람이 사는 세계 전체를 언어로 표현하고 그것을 체계화하고자 하는 것은
모든 지적 노력의 근본 동기이다. 이것은 흔히 고귀한 동기로 간주된다.
또 그것은 사람이 가지고 있는 설명할 수 없는 앎의 추동력이다. 이러한
동기는 혼란기의 사회에 특히 강하게 작용한다.

—《체념의 조형》저자 서문

〈나남문학선〉은 전자문명과 대중문화의 신전에 엎드려 있는 사람들에게
다른 신이 있음을 알려줄 것이다. 또 〈나남문학선〉은 문학이 과거가
되려 하는 시대에 문학의 현재를 주장하며 문학에게 위엄을 되찾아주려
할 것이다. 그리고 〈나남문학선〉은 시대와의 불화 속에서 외로운 많은
사람들이 우리 시대의 올곧고 드높고 미쁘고 참된 것을 구하는 영혼들을
만나는 아름다운 광장이 되어 갈 것이다.

—〈나남문학선〉을 다시 출간하며